님께 드립니다

년   월   일

드림

詩가 있는 風景

시가 있는 풍경

초판 1쇄 인쇄일 2020년 5월 8일
초판 1쇄 발행일 2020년 5월 15일

지은이 이규곤
펴낸이 양옥매
디자인 임홍순
교 정 조준경

펴낸곳 도서출판 책과나무
출판등록 제2012-000376
주소 서울특별시 마포구 방울내로 79 이노빌딩 302호
대표전화 02.372.1537 **팩스** 02.372.1538
이메일 booknamu2007@naver.com
홈페이지 www.booknamu.com
ISBN 979-11-5776-875-2(03800)

이 도서의 국립중앙도서관 출판시도서목록(CIP)은 서지정보유통지원 시스템
홈페이지(http:··seoji.nl.go.kr)와 국가자료공동목록시스템
(http:··www.nl.go.kr·kolisnet)에서 이용하실 수 있습니다.
(CIP제어번호 : CIP2020014826)

詩가 있는 風景

· 이규곤 지음 ·

책과나무

저자의 말

카메라 렌즈를 통해 뷰파인더(Viewfinder)로 보는 세계는 언제나 신비하고 놀랍기 그지없다.

이른 새벽 동트는 시간부터 하루가 끝나 가는 저녁 시간까지 카메라라는 메커니즘(Mechanism)을 통해 주님의 창조 세계를 볼 때마다 무한한 희열과 감동과 신비감에 취해 때로는 감격의 눈물이 나오고, 찬양이 터져 나오며 마음속 깊은 곳에서 주님을 향한 사랑과 감사의 고백이 곧 시로 승화되어 읊어지는 것을 경험하게 된다.

참으로 아쉬운 것은, 이토록 아름답고 신비한 주님의 창조 세계를 다 표현하지 못한다는 점이다.

사진작가라 하기는 부끄럽고, 시인(詩人)이라 말하기도 쑥스러운 것은 아직 寫眞이나 詩 모두가 예술성과 함의(含意)적 표현 능력들이 부족하기 때문이다. 그럼에도 불구하고 감히 용기를 내어 이 책을 내놓게 된 것은, 오묘하신 주님의 솜씨를 바라보면서 사랑하는 분들과 함께 감사의 고백을 시로 승화시키며 주님을 높이 찬양코자 함이다.

이 책이 나오기까지 애써 주신 '책과나무' 출판사의 양옥매 실장님을 비롯한 직원분들과 책 표제를 써 주신 엄영수 목사님, 사랑의 빚을 진 남현교회 교우들은 물론, 그간 함께 동역한 분들, 나의 목회에 기도와 사랑으로 협력해 주신 모든 분들에게 감사드리며, 언제나 기도로 목양의 큰 힘이 되어 주셨던 白壽가 되신 어머님과 사랑하는 가족들에게도 진심으로 고마운 마음을 전하는 바입니다.

주님! 홀로 영원토록 모든 영광을 받으소서!

2020년 늦은 봄, 산본 연구실에서
저자 이규곤

차례

PART 1   믿음, 찬양과 기도

PART 2   소망, 새로운 세상을 꿈꾸다

PART 3   사랑, 아름다운 동행

PART 4　풍경, 그림이 되다

믿음, 찬양과 기도

FAITH, Praise and Prayer

믿음이 없이는 하나님을 기쁘시게 해 드릴 수 없습니다.
하나님께로 가까이 가는 사람은 하나님이 계시다는 것과
하나님께서 당신을 찾는 사람들에게 상을 주신다는 것을
믿어야 합니다.   히 11:6 공역

And without faith it is impossible to please Him,
for he who comes to God must believe that He is,
and that He is a rewarder of those who seek Him.

Hebrews 11:6

갈릴리 일출 • 이스라엘

갈릴리 새벽 호수가의 주님

갈릴리는
새벽 호수 심연의 심장 박동 소리에 깨어난다

동쪽 골란 언덕 위로 햇살이 숨 쉴 즈음
주님 선연한 모습 보이는데

"그물을 배 오른편에 던지라
그리하면 잡으리라"

헛밤을 새우며 기진한 제자들
말씀에 순종하니 가득 채워진 그물

오늘도 삶의 그물질에 지쳐 쓰러진
수많은 사람들에게

새 힘 주실 이는 갈릴리 새벽 호수가
거니시던 주님이시어라

목양지 • 서울 남현교회

목양 일기

오늘도
주신 은총에 감사하며
새벽 성전에 엎드린다

병들어 몸져누운 J 집사님
쾌유를 빌며 찾아가 기도했다
"병든 것도 감사해요"라기에
그 말 사실일까

야위어 움푹 파인 눈동자 들여다보니
젖은 두 눈 속에 예수님이 계셨다

가슴 뜨거워 돌아오는 길
"천국에서 만나요"
병상에 누운 채 마지막
작은 목소리로 눈빛 인사하던 J 집사님

집사님의 하늘 소망 가득 찬
밝은 얼굴 떠올라
감격하며 또 한 번 울었다

오도재 • 경남 함양

오도재

구불구불 삼봉산 한 줄기가
동쪽으로 내달리며
몸을 비틀어 만든 고갯길

가쁜 숨 몰아쉬며 잿마루에 오르면
무엇인가 깨달음이 있다 하여
붙여진 이름 悟道峙

노을이 지면
산허리에 묶여 있던 바람들이
기인 뱀처럼 꿈틀거리는 붉은 궤적을 타고
지리산 장터목으로 사라진다

오도재는
구불거리는 인생길 끝이 있음을 알고
천천히, 서두르지 말며
자기 길을 바르게 가라는

인생의
이정표(里程標)이다

동강할미꽃 · 강원 영월

동강할미꽃 미소

굽이굽이 흐르는 동강(東江) 바위틈에
봄볕 미소 머금고
다소곳이 머리 숙여 피어 있는 그대

황홀함에 취한 채
정겹게 다가오는 그대의
발걸음을 세어 봅니다

기다림에 지쳐 등이 굽었다는 그대
흰 머리카락 숨긴 채
흐르는 물소리 노래 삼아

기인 세월 살을 베어 내는 아픔조차
해맑은 미소로 싸매어 동아리고
터진 상처 말리며 견디셨나요

지쳐 찢긴 마음 다독여 주는

내 마음속에 그대 미소 있어
봄빛 하늘 향해 가슴 활짝 폅니다

화조도 • 경기 청계산

청계산의 봄

청계산 맑은 계곡
얼음 풀리고 봄바람 스치면

그윽한 매화꽃 향기가
온갖 생명들을 깨운다

겨우내 깃털에 몸을 묻고 있던
곤줄박이와 박새들이
잠에서 깨어 날아들고

봄기운에 물기 오른 나무들은
연록의 잎을 피우며
진객들을 부른다

창조주의 신비한 손길을
노래하는 꽃과 새들
부드럽고 따사로운 청계산의 봄은

푸른 생명의 숨소리와 함께
환희가 넘쳐난다

꿀 따는 부부 • 중국 문원

기쁨으로 거두리로다

"눈물을 흘리며 씨를 뿌리는 자는
기쁨으로 거두리로다.
울며 씨를 뿌리러 나가는 자는
반드시 기쁨으로 그 곡식 단을 가지고
돌아오리로다."

(시 126:5-6)

"Those who sow in tears shall reap with
joyful shouting. He who goes to and fro
weeping, carrying his bag of seed. Shall
indeed come again with a shout of joy,
bringing his sheaves with him."

(Psalm 126:5-6)

질그릇 항아리 • 제주

질그릇 인생

화려함도 없고
특별한 문양도 없는
투박하고 거친 질그릇 항아리

진흙으로 빚어진 채
불가마 뜨거움에 데인
황토색 민낯 그대로
뒤뜰 외진 곳에서
비바람을 맞고 있구나

인생은
누구나 크고 작은
세상의 그릇이어라

질척하고 볼품없는
질그릇 같은 인생일지라도
보배(寶貝)이신 그리스도

내 안에 품고 살면
영생복락 복된 인생이어라

카파도키아 • 터키

카파도키아

버섯 모양의 석회 응회암으로
굳어진 잿빛 기괴한 바위마다
크고 작은 동굴들이 있다

한여름 최고 섭씨 40도
한겨울 영하 섭씨 20도까지 내려가는
파샤바 지역의 석회암 동굴들은
하나님 예비하신 안전지대이다

1세기경 그리스도인들이
로마 네로의 박해와 핍박으로
갈 곳 없어 헤매일 때
아무도 모르는 이곳에 피신해
동굴 파고 은신처 삼아
예배하며 말씀과 기도로 믿음을 지켰다니

오늘날 그 시대처럼 세상 박해 온다면
오직 예수, 오직 믿음 지킬 수 있을까

지금도 여전히 동굴 속에 배어 있는
성도들 찬송과 기도 소리 들으며
동굴 밖 세상으로 나선다

메테오라 수도원 · 그리스

METEORA*

거대한 사암바위 기둥 꼭대기에
보기만 해도 아찔한 공중에 떠 있는 집
성 니콜라스 수도원

세상을 떠나 세상을 위해 기도하는
사람들이 모여 스스로를 정결케 하며
하늘 향해 소원을 빌었던 곳

자기를 내려놓고
맑은 영혼으로 산다는 것
자기 힘만으로 되는 것이 아니기에
고통과 한숨, 처절한 몸부림 끝에

무너지고 새로워진 자아를 보며
비로소 되뇌는 고백
"오늘의 내가 된 것은
하나님 은총의 덕입니다"

세상에 살지만 세상에 젖지 않고
누릴 수 있는 참된 자유와 행복은
하나님의 은총이며 사랑입니다

* 메테오라 : 그리스어로 "공중에 떠 있다"는 뜻임

개개비 합창 • 여주 성호지

주님 향한 찬양과 기도

초여름 여주 성호지
연꽃 밭에는
작고 예쁜 개개비 새들의
공연 무대가 펼쳐진다

솔로(Solo)로
때로는 듀엣(Duet)과 합창으로
연꽃 봉우리 무대 삼아
부르는 작은 새들의 노래는

노래 잃고 무뎌진 인간들의
굳은 영혼들을 일깨운다

붉은 입천장 보이도록
작은 입 크게 벌려 부르는
그들의 노랫소리

주님 향한
기쁨과 감사의 찬양이며
간절함이 담긴 기도이리라

겨자씨 • 이스라엘

겨자씨만 한 믿음

세상에서 가장 작은 씨
손을 떠나면 너무 작아
찾지 못하는 씨앗

그러나 땅의 흙과 만나면
생명의 싹 틔워 무성한 숲을 이루니
공중의 새들이 깃들어 안식을 얻는다

겨자씨 한 알만큼의
믿음도 없어 흔들리는
패역한 이 시대를 향해

"만일 너희에게
믿음이 겨자씨 한 알만큼만 있어도
이 산을 명하여 여기서 저기로
옮겨지라 하면 옮겨질 것이요
또 너희가 못할 것이 없으리라"

주님 말씀에 작은 믿음 부끄러워
겨자씨 한 알보다는
더 큰 믿음 주옵소서 간구한다

고성 성천마을 • 강원도 고성

성천마을

화마가 할퀴고 지나간
강원도 고성의 성천마을

놀랍게도 길가 나란히 서 있는 네 집 가운데
한 집 건너 한 집씩 불에 탔으나
두 집은 멀쩡했다

불탄 두 집은 교회 성도들의 집이었고
멀쩡한 집은 불신자의 집이었다

어찌 이런 일이? 의심 구름 밀려올 때
동행한 목회자 설명 듣고
측량할 수 없는 주님 섭리에 경탄했다

불에 탄 자기 집 뜰 앞에 엎드린 채
주님 떠나 방황하던
자신 생명은 살려 주시고

살던 집만 앗아가신 주님께
감사, 감사한다며
눈물로 통곡하며 회개한 성도
주께로 돌아왔다니

"이는 내 생각이 너희의 생각과 다르며,
내 길은 너희의 길과 다름이니라"(사 55:8)

주님 말씀 되뇌이며
위로하러 갔던 내가 주님 사랑 감복하여
은혜받고 돌아왔다

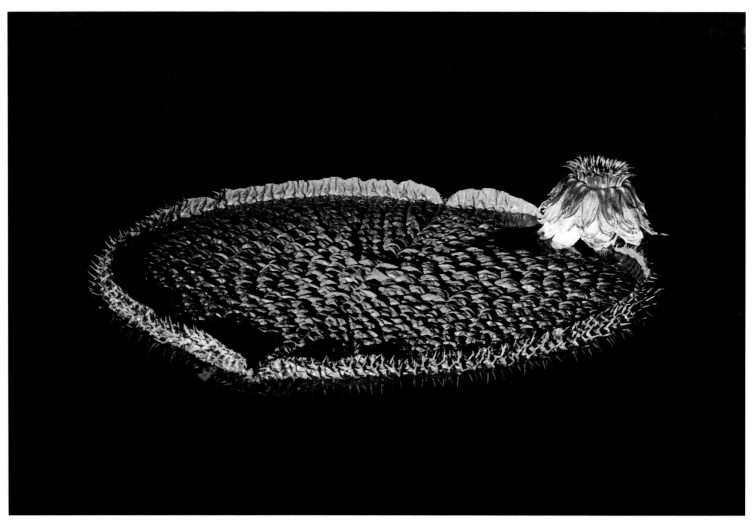

빅토리아 꽃 • 관곡지

빅토리아 수련꽃(Victoria Amazonica)

아마존 거친 물살
이겨 내고 고운 꽃이 되어
풍겨 오는 당신의 은은한 향기

첫날은 희고 청순한 차림으로
둘째 날은 분홍빛 수줍은 얼굴로
셋째 날은 붉은 열정 가득히 담아

적막에 싸인 어두운 저녁
모두 잠든 시각 홀로 서서
탁한 물결 헤치고 피어나는 당신은

꽃 중의 꽃입니다

쟁반 잎사귀에 가시로 담을 쌓고
비바람 거센 노도광풍 일어도
의연히 꽃피어 이겨 내는 당신처럼

진리와 믿음의 방패 굳게 잡아
세상 어두움 이겨 내는
승리자로 살으렵니다

새벽 종소리 • 강화도

새벽 종소리

어릴 적
예배당에서 울리는 새벽 종소리
곤한 잠을 깨우면
마을 사람들은 주섬주섬 일어나
들판으로 나가 일을 시작했다

시골 교회 새벽 종소리
게으른 사람 깨워 일으키고
심란하여 불면의 밤을 새운 사람에게는
아침을 알리는 희망의 종소리였다

믿음 약해 흔들릴 때
이웃이 병들거나
나라가 어려울 때마다
새벽 종소리에 잠을 깬 성도들은
어김없이 주의 성전에 나가
엎드려 눈물로 기도했다

지금은 사라진 새벽 종소리
새벽종을 내리고 귀를 막으니
마음은 더욱 무디어지고
세상은 보이지 않는 어둠에 눌린 채
신음 소리만 요란하다

듣고 싶다
새벽 종소리!

요한 동굴교회 • 밧모섬

밧모섬 요한 동굴교회

옛 로마시대
국법을 어긴 중범죄자들의 유배지
밧모섬

오직 예수 사랑한다는 이유로
노구(老軀)의 몸으로
이곳에 유배된 사도 요한

주님께 기도할 곳 찾다가
발견한 어두운 동굴 안에 엎드린 그에게
약속의 주님 말씀이 들렸습니다

"이루었도다. 나는 알파와 오메가요
　처음과 마지막이라 내가 생명수 샘물을
　목마른 자에게 값없이 주리니
　이기는 자는 이것들을
　상속으로 받으리라" (계 21:6-7)

"내가 진실로 속히 오리라" (계 22:20)

오늘도 요한처럼 "마라나타"
오실 주님 기다리며
두 손 들어 하늘을 우러릅니다

죽성교회 • 부산

보이지 않는 손

다듬어지지 않은 돌같이
모나고 거칠어 좌충우돌
깨지고 금이 간 나에게

어느 날 기도 중에
보이지 않는 손이
나를 어루만지셨다

그 손이 나를 어루만지자
고요하고 부드럽게
물안개 피어오르듯
어떤 힘이 내게 들어와
나를 새롭게 하셨다

그 후
조급하고 예민하여
투정하고 불평하던

모습은 사라지고 내 마음속에
두려움 없는 평안과 소망
감사와 기쁨이 넘쳐나니 참 놀랍도다

순례자의 교회 • 제주

주님 나를 불쌍히 여기소서

주님은
"나를 따르려면 자기를 부인하고
자기 십자가 지고 따르라" 하시네

이 말씀 싫어
부자 청년 근심하여 떠나가고
한 제자 스승 팔아 배반하며
군중들은 예수 죽이라 아우성치니
이들 모두 십자가 없이
영광만 바라는 사람들이어라

한쪽 구석진 자리
머리 숙인 채 흐느끼는 세리 한 사람
가슴 치며 하는 말
"불쌍히 여기소서
나는 죄인이로소이다"
의롭다 인정받고 기뻐하여라

악한 시대
자기만 옳고 다른 사람은 틀렸다는
거짓되고 교만한 사람들
자기 십자가 지고 겸손히 낮아지리니

오늘도 믿음으로
자기 십자가 지고 드릴 기도
주님! 나를 불쌍히 여기소서!
주님! 나를 불쌍히 여기소서!

블레드교회 • 슬로베니아

새벽 기도

눈 내리는 이른 새벽
비탈진 언덕길을 올라
주의 성전에 엎드린
팔순의 K 권사님

오늘 새벽도 절절한 기도 소리
성전을 가득 메운다
들릴 듯 말 듯 때로는 흐느끼며
간구하는 기도의 소원들 들어 보니

어지러운 나라 위해
교회와 병든 교우들 위해
멀리 오지에 나가 복음 전하는
선교사들 위해 내일처럼 기도했다

"깨어 기도하라"
주님의 말씀 순종하는
이 땅의 숨겨진 기도의 사람들 있기에

오늘도 평화와 자유
의와 진리의 승리를 확신하며
감격 넘치는 새벽 기도를 드리고
돌아왔다

외도섬 교회 • 경남 거제

하얀 출발선

해금강
푸른 바다 위에 찍힌 점 하나
기암절벽 바위섬 외도는
홀로 있어도 외롭지 않다

거친 바닷바람과
성난 파도가 몰아쳐도
사시사철 피는 꽃이 만발하고
연인들의 사랑이 영그는 곳

섬 동편 절벽 위에
붉은 기와 얹고
지붕 끝에 조그마한 십자가 달아
세워진 작은 교회당 하나가 있다

그곳을 지나든 길손들이
하나둘 찾아들어 손 모아 기도하며

겹겹이 쌓여진
말 못 할 허물들을

절벽 아래 푸른 바다에
멀리 벗어던지고 나면
새롭게 발걸음을 내디디는
하얀 출발선이 보인다

팔복교회 • 이스라엘

행복한 사람 (여덟 가지 복)

마음이 가난한 사람은
행복하다
하늘나라가 그들의 것이다

슬퍼하는 사람은
행복하다
그들은 위로를 받을 것이다

온유한 사람은
행복하다
그들은 땅을 차지할 것이다

옳은 일에 주리고 목마른 사람은
행복하다
그들은 만족할 것이다

자비를 베푸는 사람은
행복하다
그들은 자비를 입을 것이다

마음이 깨끗한 사람은
행복하다
그들은 하나님을 뵙게 될 것이다

평화를 위하여 일하는 사람은
행복하다
그들은 하나님의 아들(자녀)이 될 것이다

옳은 일을 하다가 박해를 받는 사람은
행복하다
하늘나라가 그들의 것이다

(마 5:3-10, 공동번역 성경)

예루살렘 눈물교회 창 · 이스라엘

눈물

마음이
벅차 감동이 일면 뜨거운 눈물이 나오고
슬프고 안타까워도 눈물이 나온다

마음이
연민의 정과 사랑으로 적셔질 때
눈물이 나온다

순수하고 깨끗한 눈물은
나를 정화시키고 남에게 용기를 주는
묘약 중 묘약이다

눈물이 메마른 세상
한숨과 불평이 뿌리내리고
나도 없고 너도 없는 비정한 세상이어라

주님처럼
뜨거운 사랑과 연민 어린 눈물
긍휼과 자비의 눈물이 흘러넘쳐

너와 내가
젖은 눈빛 하나 되어
마음 통하는 세상에서

보듬고 위로하며
함께 즐거이
살고 싶다

모세의 지팡이 • 요르단 느보산

느보산의 모세를 만나다

시간마저 멈추어 선 듯한
에돔 광야를 지나 황토색의 느보산에 오르면
머언 태고의 시간대에 묻혀 있는 모세를 만난다

바로의 폭정을 피해
이스라엘 백성들 이끌고
홍해를 건너 달려온 40여 년의 길

원망과 징벌, 회개와 평화가 되풀이되는
이스라엘 백성들 속에서 함께 고난받기를
잠시 죄악의 낙 누림보다 더 좋아했던 사람

원망하던 백성들 불뱀에 물려 죽어 갈 때
장대 높이 놋뱀을 달아
바라보는 사람마다 살게 했던 지도자

오늘도 모세는 광야 같은 세상에서
십자가에 높이 달리신 예수 그리스도
바라보며 마음속에 모신 사람 누구나

영생불멸의 삶 누리게 됨을
느보산 이곳에서
무언의 침묵으로 전하고 있다

섭지코지교회 • 제주

마음에 근심하지 말라

"평안을 너희에게 끼치노니
곧 나의 평안을 너희에게 주노라.
내가 너희에게 주는 것은
세상이 주는 것과 같지 아니하니라.
너희는 마음에 근심하지도 말고
두려워하지도 말라."

(요 14:27)

"Peace I leave with you; My peace I give to you;
not as the world gives, do I give to you. Let not
your heart be troubled, nor let it be fearful"

(John 14:27)

생명의 오아시스 • 바단지린

생명의 오아시스

사막 깊숙이 숨겨진
물줄기들이 모여
푸른 오아시스
넓은 샘을 이루면

그 푸른 샘은
사막의 생명을 살리는
어머니 젖가슴이 된다

뜨거운 태양 아래
목말라 지친 온갖 생명들이
오아시스 샘가로 달려와
길게 목을 드리운 채
시원한 물로 목을 축이며
숨을 돌린다

고향 떠나 먼 길 가는
나그네도 기인 그림자
물 위에 드리우고
생명의 젖을 마시며
새 힘을 얻는다

천지연 폭포 • 제주

이 여름에는

주님
이 여름에는
사랑하게 하소서
폭포수같이 흘러넘치는 사랑으로
주님과 이웃을
뜨겁게 사랑하게 하소서

주님
이 여름에는
성숙하게 하소서
믿음이 자라고
사람됨이 고아져
좋은 신앙의 나무로 자라게 하소서

주님
이 여름에는
뜨거운 햇살 아래서도

영혼이 잘됨같이
범사가 잘되며 강건하여
주님 안에서 모두가 행복하게 하소서

자유 질주 • 중국 패상

질주

앞만 보고 달려온 세월
곁눈질할 사이도 없이
숨 가쁜 날들로 가득 찬
순간들이었기에 후회는 없지만

그래도
씻어 낼 수 없는 아쉬움 많아
더 최선을 다할 것을
더 사랑하며 베풀 것을
더 참고 감사할 것을

빛과 어두움이 갈릴
칼날같이 예리한 시간
다가오고 있음을 알면서도
무딘 인생 살았는데

여전히
이슬같이 내리는 하늘의 은총
굳은 마음 적셔 새싹 틔우니
새로운 내일 꿈꾸며
앞을 향해 달린다

양 떼 · 패상

나는 선한 목자라

"나는 선한 목자라
　나는 내 양을 알고
　양도 나를 아는 것이

아버지께서 나를 아시고
내가 아버지를 아는 것 같으니
나는 양을 위하여
목숨을 버리노라"

(요 10:14-15)

I am the good shepherd,
and I know My own, and My own know Me,

even as the Father knows Me and I know the Father,
and I lay down My life for the sheep.

(John 10:14-15)

사랑하는 아가 • 서울

사랑하는 아가야

사랑하는 아가야
네가 세상에 온 지 100일째
평온한 네 얼굴 보노라면
절로 솟아나는 감사 기쁨 넘치누나

하늘 신령한 복과
땅의 기름진 복을
가득히 담고 온 너

험한 세상 거친 세파에도
흔들림 없이
의와 진리의 거룩함으로

오직 주님 따르는
하늘 사람이 되어
네 발걸음마다

풍성한 열매 있어
모든 이들에게
기쁨과 위로를 주고

주님의 기쁨이 되는
믿음의 사람 되기를
날마다 기도로 응원해 주마

권금성 춘설 · 강원 설악산

산에 오르다

누군가는
내려올 산을 무엇 하러
힘들게 오르느냐 묻지만

산은
무한한 영감과
지혜와 인내, 가르침을 준다

평평한 산길이 있는가 하면
오르막길과 내리막길이 있고
곧은길과 굽은 길이 있으니

평평하고 오르내리는 인생길
곧고 굽은 인생길에서도
조급함과 성급함은 내려놓고

항심(恒心)을 품어
멀리 바라보며 천천히 뚜벅뚜벅
바르게 걸어가라 한다

흔들림이 없는 바위와
사철 푸른 소나무처럼
자기 자리에서 꿋꿋하게 살란다

산은 인생의 보이는 스승이다

겨울에 피는 꽃 · 경기 청계산

동백꽃

모든 꽃들이
시들어 떨어진 후
엄동설한 혹한 속에
홀로 피어 있는 그대여

꽃말처럼
진홍색 꽃잎 위에
'진실한 사랑'을 엮어
푸른 잎 위에 수놓았구나

오늘도
한줄기 마음으로
일편단심 님을 향해
처연히 부르는 너의 노랫소리

깊은 겨울잠에 빠진 채
가슴앓이하는

나목(裸木)들을 깨우며
눈 비비게 하는구나

PART 2

소망, 새로운 세상을 꿈꾸다

HOPE, Dream of a New World

아무쪼록 소망을 주시는 하나님께서 믿음에서 오는 온갖 즐거움과 평화를 여러분에게 가득히 안겨 주시고, 성령의 힘으로 소망이 여러분에게 넘쳐 흐르게 하여 주시기를 빕니다.

롬 15:13 공역

Now may the God of hope fill you with all joy and peace in believing, that you may abound in hope bythe power of the Holy Spirit.

Romans 15:13

새해 일출 • 임실 국사봉

새해 아침에

새해 아침은 언제나 신선하여라

내어 보일 것 없는
생의 빈 바구니 앞에 놓고
오직 기도의 두 손 모으며 살아왔기에

잃은 것보다
얻은 것이 더 많았던
은혜의 지난 세월들

또다시 새해 아침
감사의 손을 모아
하늘 우러러 새날을 갈망하니

"하나님 경외하고
네 이웃 네 몸처럼 사랑하라"(마 22:37-39)
주님 음성 귓가에 선명히 들려온다

하나님께는
순종의 삶으로 예배하고

이웃에겐 사랑으로 섬기는
믿음의 한 해 살기로 다짐하며

새해 아침
내 마음 밭에
소망의 꽃씨를 심는다

사순절 목련화 • 경주

목련화

그토록 끈질긴 생명으로
어둡고 습한 세월마저
따스한 손길로 보듬으며
맨 먼저 달려온 당신은
나의 시린 마음을 녹이는
사랑입니다

지난해 하루가 멀다 하고
베풀어진 백설의 향연들
녹아내린 눈(雪)물 적시어
순백의 옷을 입은 당신은
나의 때 묻은 영혼을 씻겨 내는
기도입니다

숨 쉬는 생명마다
자신이 살아 있음을
기쁜 노래로 화답하는 시간

그러나 뒤뜰 외진 곳에서
다소곳이 슬픔을 삭이며
먼 길 떠나는 당신은
나의 절망 가운데 피어나는
소망입니다

세월의 끝자락 달려갈 길 다 가고
님 앞에 서는 그날
화사한 부활로 내 앞에 계실 당신은
나의 남루한 모습을 가리어 줄
믿음이며 은혜입니다

봄의 향기 · 서울

봄의 향기

애타게 기다리던
봄의 햇살

온지도 모르게

물오른 가지 끝에
걸려 있네요

부드러운 손길
어루만지는 가지마다

새파란 향기 속에
함박웃음 터지네요

아! 찬란한 봄의 향기 타고
찾아온 당신

내 마음도 소망으로
꽃이 활짝 피네요

세 개의 십자가 • 강원 화천

부활의 아침

그토록 긴 밤을 지새우시며
온몸에 새기신 모진 고통
어찌 다 참으셨는지요

잔영처럼 남아 있는
내 가슴속 슬픔은
예리한 칼날 되어
시공간의 허리를 잘라 냅니다

저주의 십자가 위에서
"오늘 네가 나와 함께
낙원에 있으리라"
회개한 강도에게 하신 말씀

거짓과 불의 부끄러워하며
주님 앞에 서 있는

모든 이들의 소망이요
위로의 말씀이 됩니다

동녘 하늘
광휘(光輝)의 찬란한 빛
온 누리에 가득한 아침
갈보리 언덕 위 십자가는

저주에서 생명으로 바뀌고
굳게 닫힌 무덤문은
열린 채 비었습니다

나의 주 그리스도 살아나셨습니다
나의 주 그리스도 승리하셨습니다

얼레지 꽃 • 가평 화야산

얼레지 꽃

눈 녹은 이른 봄
양지바른 곳에

푸른 새싹 돋으면
연분홍 꽃잎 머리에 이고
얼레지 꽃이 피어난다

얼레지 꽃은
화사한 아름다움으로
눈을 사로잡는 꽃이기에
'자유분방한 아가씨'로 불린다

마음 설레이는 봄
누군가 기다리는 사람들
빈 가슴속에
얼레지 꽃 한 송이 담아

희망의 봄을
노래하면 좋으리라

예루살렘을 향한 무덤들 • 이스라엘

마지막 나팔 소리가 울릴 때

"우리는 죽지 않고 모두 변화할 것입니다.
마지막 나팔 소리가 울릴 때에 순식간에
눈 깜짝할 사이도 없이 죽은 이들은
불멸의 몸으로 살아나고, 우리는 모두
변화할 것입니다"

(고전 15:51-52 공동번역)

"We shall not all sleep, but we shall all be changed.
in a moment, in the twinkling of an eye, at the last
trumpet; for the trumpet will sound, and the dead
will be raised imperishable, and we shall be changed."

(1Corinthian 15:51-52)

소망의 빛 • 서울

소망의 주

모두가 아우성치는 세상
한숨 소리 휘파람처럼 들리는
소망 잃은 가슴속엔
짙은 안개비만 내리고
쇠잔한 영혼들은 하나둘씩
황량한 광야 길에 지쳐 쓰러진다

오늘도
목말라 애태우며
한 가닥 빛을 찾아 헤매는 사람들
아무도 잡아 주는 손길 없어
하늘 향해 절규하며 신음할 때
어둠 속 한 줄기 환한 빛 비쳐 온다

누추한 내 모습
마다치 않고 날 찾아오신 이
영혼의 닻 같은 소망 주시니

헤아릴 수 없는 평안과 기쁨
차고 넘친다

소망의 주 예수 그리스도
이 땅 모든 이들이 갈망하는
참된 기쁨이요
영원한 행복이어라 .

기다림 • 충북 음성

그리움

오늘도
목마른 사슴같이
당신 향한 그리움에
지친 마음 달래며
정갈한 마음으로 두 손 모으면

하루가 천년 같고
천년이 하루 같은
당신의 날들
셈할 수 없는 안타까움에
나는 외로이 하늘을 우러르는
이 땅 나그네일 뿐입니다

그러나 오늘도
당신 맞을 준비 못 한
두려움에 젖어

진한 그리움은 가슴속에 숨긴 채
허허로이 하루해를 떠나보내고

해 질 녘
행여나 오실 당신 그리며
열려진 문 앞 처마 끝에
작은 등불 하나 걸어 둔 채
잠이 듭니다

소녀의 기도 • 경기 일산

소녀의 기도

얼마나 서러웠을까
얼마나 원통하고 분했을까

춥고 배고픈 자리에서
벗어나게 해 주겠다는
감언이설에 속아 따라나선 길

순결 빼앗기고
가족과 나라마저 잃은 채
낯선 땅에서 금수(禽獸)들에게
짓밟힌 이 땅의 가련한 소녀들

눈물로 적셔진 응어리가
가슴속 깊이 겹겹이 쌓여
돌처럼 굳었건만
아직도 풀지 못한 한이 있어

하늘 향해 기도하는
이 나라 딸들이여!
이제 슬픔과 아픔은
저 멀리 날려 보낼지니

영원한 하늘 위로와 평안은
누구도 빼앗아 갈 수 없는
그대들의 것이어라

백두산 천지 • 북파

백두산 천지에 오르다

민족의 영산 백두산
지금은 남의 땅이 되어
민족의 한을 품은 채
청남색 숨을 쉬며 살아 있는
세계 최고의 칼데라 호수

북위 42도 06, 동경 128도 03
해발고도 2,194m 산꼭대기에 자리한
평균수심 214m 천지 앞에 서면
장엄하고 신묘한 위용 앞에
심장이 요동친다

천문봉에서 흐르는 찬물과
백운봉 아래에서 솟아나는
따뜻한 물이 만나 섞이며 하나 되니
눈이 시리도록 푸르고 아름다운
생명의 물이 되었구나

남북이 얼싸안고 하나 되어
주님을 찬양하는 그날을 염원하며
푸른 천지 물에 세상 오염된 눈을 씻고
우리의 소원은 통일
통일이여 어서 오라

목청껏 노래하며
아쉬움을 뒤로한 채
비탈길을 내려왔다

백로 날아오르다 • 경기 양평

백로 날아오르다

푸른 들판
팔월의 논두렁은
흑갈색 띠를 띠고
뙤약볕 아래 길게 누운 채
졸고 있다

먹이를 찾아
논 벼 포기 사이를
휘젓고 다니던 백로들
발자국 소리에 놀랐는지
일제히 날아오른다

푸른 들판에 그려진
백로의 날갯짓들이
그림처럼 살아 있는 풍경으로
다가오는 순간

나도
한 마리 백로가 되어
푸른 들판 저편에 있는
새로운 세상을 향해
힘찬 날갯짓으로 함께 날아오른다

작은 것이 아름답다 • 서울

작은 것이 아름다운 세상

구름 한 점 없는 오후
뜨거운 지열로
시간마저 녹아 버렸는가
사방은 고요 속에
정지된 채 서 있다

작은 것이
아름다운 세상임을 알지 못해
그림자에 불과한 모래성을
쌓고 허물기를 수십 년
지난 허상(虛像)의 세월은 말이 없구나

부음(訃音) 받은 인생
촌음(寸陰)을 다투는데
이제야 깨달은
작은 것이 아름다운 세상
가슴에 담아 하늘을 보니

질긴 욕망의 사슬
세상 소란스러움은
어느덧 끊어지고
잠들었던 영혼의 숨결이
뜨겁게 타오른다

여명 • 강원 안반데기

기적의 은혜

매일 먹고 자고 일어나 일하는 것
모든 이들의 일상이었기에
내게도 당연한 줄 알았습니다

그러나 어느 날 갑자기
가슴 조이며 숨 쉬기조차 힘든
위기의 순간을 맞고서야

지금까지 살아온 모든 순간순간들이
일상이 아닌 하나님의 은혜요
기적이었음을 비로소 알았습니다

어둡고 음습한 중환자실
탁한 포르마린 냄새에 취한 채
동공마저 풀어진 환자들의 신음 소리
시간마저 멈춘 한밤중

심장수술 후 견딜 수 없는 고통과
타는 갈증으로 간청해 받은 물 한 잔 입에 대니
"내가 목마르다" 십자가 위에서
절규하시던 주님 생각에 물잔 앞에 놓고
흐느끼며 통곡했습니다

순간마다 기적으로 이어진 날들
주님 은혜 아닌 것 없기에
이제부터는 기적의 은혜 더욱 감사하며
겸허히 살기로 주님과 손가락을 걸었습니다

새로운 세상을 꿈꾸다 • 경기 군포

말매미

장마 그치고 무더운 여름밤
스멀스멀 나무를 오르는
황토색 애벌레 한 마리가 보인다

밑바닥 깊숙이 감추어진
위만 바라보는 인간의 욕망처럼
위로 향한 걸음을 멈추지 않는다

자정 무렵 한순간 앞가슴을 세운 채
예리한 칼로 베듯 제 등껍데기를 가르며
부드럽고 연한 속살을 드러낸다

검은 두 눈에
작지만 매끈한 갈색 몸매와
옅은 회색빛 날개를 가진 말매미이다

선인들은 매미에게 文淸廉儉信
다섯 가지 덕이 있다 하여
귀하게 보았는데 지금은 시끄러운 벌레일 뿐

한여름 짧은 생을 위해
인고의 기인 시간 끝에
이제 막 우화(羽化)를 마친

말매미 투명한 날개 자락에는
인간의 변심이 만들어 낸
슬픈 빛이 묻어 있다

풍차의 꿈 • 소래 생태공원

이런 하루가 되게 하소서

주님 오늘도
주님 안에서 믿음으로 승리하는
하루가 되게 하소서

나의 몸과 마음 소성(蘇醒)케 하사
순결하고 깨끗한 마음으로
주님만을 찬양하며 기쁨으로 살게 하소서

세상 불의와 타협하지 않고
의와 진리와 거룩함으로
성령님의 인도함 따라
바른 믿음의 길 가게 하소서

분노와 교만
게으름과 정욕은 멀리하고
믿음과 소망, 감사와 사랑이
넘쳐남으로 베풀며 관용(寬容)하게 하소서

나의 생각, 고집은 내려놓고
주님 뜻에 기쁘게 순종함으로
나를 통해 복음이 전해져
진리 안에 서는 사람 많아지려니

그리하여 오늘도
주님 손잡고 동행하는
복되고 기쁜 하루
형통하는 하루가 되게 하소서

풍등 날리기 • 평창 봉평

풍등 날리기

소금처럼
뿌려진 흰 메밀꽃 위로
풍등이 날아오른다

세상에서
목말라 지친 이들의
간절한 소원 싣고
밤하늘 높이
올라가는 풍등이여

모두들
염려 근심은 날려 보내고
사랑의 씨앗 가슴에 심어
풋풋한 향기 나는 메밀꽃처럼
은은한 향기로

날마다
기쁜 노래 부르며
살게 해 주렴

잡초 • 충남 아산

잡초

이름 모르는 풀잎 사이에
이름 모를 작은 꽃이
곱게 피었네요

찾아오는 이 없고 알아주는 이 없지만
눈보라 폭풍 한설 뙤약볕 폭우 장마
아랑곳없이

때가 되면 뿌리 내린 자리에서
오직 그분 향해 지순한 사랑으로
청순한 꽃을 피우는 그대여

그대는 이름 없는 잡초가 아닙니다
어느 꽃보다 아름답고 향기로운
꽃 중의 꽃, 귀하고 복된 생명입니다

미생의 다리 • 소래포구

누군가의 다리가 되어 주리라

누군가가
나의 다리가 되어
新生의 세상으로 인도해 준 것처럼
나도 누군가를 위해
든든한 다리가 되어 주고 싶다

부모는 이 세상으로
스승들은
무지에서 깨우침으로
친구들은
외로움에서 즐거움으로

가족들은
힘들어 주저앉을 때마다
사랑과 응원의 기도로
새 힘을 회복하는
다리가 되어 주었다

나의 주 그리스도는
악에서 선으로
죽음에서 생명으로
멸망에서 영생 구원으로
소망의 다리가 되어 주셨다

나도
고달픈 인생길
흔들리고 주저앉은
누군가를 위해
든든한 다리가 되어 주리라

판문점 • 경기 파주

판문점

언제쯤
검은 먹구름 걷히고
파란 하늘을 볼 수 있을까

同族相殘의 상처를 입고
두 동강 난 허리는
아직도 칠십여 년 넘게
고통의 신음 소리로 오열하고 있는데

밤낮없이 쏘아 올리는
북쪽의 미사일은 누구를 향한 것인가

오늘도
남과 북의 형제끼리
날카로운 경계의 눈빛으로
마주 보는 판문점의 군사분계선

철책이 거두어지고
바람과 구름, 새들처럼
자유로이 오가는
그날이 속히 오기를 갈망하며
기도의 손을 모은다

백일도 • 전남 고흥

백일도 사랑

우리나라 남단의 고흥 끝자락
뭍에서 한 발짝 물러서 있는 섬
백일도

오늘도
정겨운 이들이 옹기종기 모여
바다를 노래하며 살고 있다

실처럼 가느다란 수평선에
얹혀 있는 작은 섬들은
몽환적 아련함을 담은 수채화처럼
언제나 그윽한 풍경으로 남아 있다

그 섬이 그림보다 더 아름다운 것은
어린 생명들을 남겨 둔 채
바다에 일 나갔다 돌아오지 못한 이들의
슬픔에 빠진 어린아이들을

평생 동안 어미처럼 가슴에 품어
믿음과 사랑으로 길러 낸
강분식 목사와 주님의 마음을 품은
이름 없는 그리스도인들의
눈물 어린 기도가 배어 있기 때문이다

눈감으면 떠오르는 평화로운 백일도
파도 소리에 화음 맞춘
성도들의 기도와 찬송 소리
하늘 보좌까지 가득히 울리리라

불꽃 • 서울 불꽃축제장

은혜

오늘도
차고 넘치는
주님의 사랑과 은혜
깊고 풍성하여라

은혜는
받는 것이 아니라
이미 받은 것임을
깨닫는 것인데도

깨닫지 못하여
여전히 걸걸대는
허줄한 내 모습
안타까워라

밤하늘에
명멸하는 불꽃처럼

풀잎 위 이슬처럼
잠시 왔다 가는 인생

넘치도록 받은 은혜
무엇으로 보답할까

열매 • 제주

가을의 열매

봄비 내리고
피어난 꽃이 진 뒤
가지 끝에 작은 씨알이 맺혔다

작은 씨알은
지난여름 비바람 몰아치고
일렁이는 뜨거운
햇빛 아래서도
꿈틀거리며 자라났다

가을 햇살이
실타래처럼 풀어지는
과수원의 오후
나뭇가지마다
탐스러운 열매들
노란 얼굴 내밀면

가을 하늘은
푸른 호수가 되고
나그네는
얻은 열매 손에 들고
푸른 호수에 배를 띄워
본향을 찾아간다

연꽃 씨방 • 산본 초막골

연꽃 씨방

여름 내내
화려했던 겉옷
훌훌히 벗어 버리니
감추었던 민낯이 드러났다

아름답던 모습은 어디 가고
얼굴 바닥 촘촘히 파인 채
작은 비밀의 방마다
숨겨진 무엇이 있다

탁한 흙탕물에
발을 숨겨 담그고
그토록 기인 시간 가슴앓이하다
누렇게 말라 버린 연꽃 아씨

진액을 토해 빚어 만든
씨앗들을 방마다 채운 후

가쁜 숨 몰아쉬더니
푸른 꿈을 꾸며
곤하게 잠들었구나

히에라볼리 언덕 • 터키

히에라볼리(Hiera Polis) 언덕에서

예수님의 제자
빌립이 하늘을 우러러보며
순교한 히에라볼리 언덕에
나도 모르게 발걸음이 멎었다

세상에서
생명보다 더 소중한 것 있을까
그런데도 죽음 앞 두려움 없이
예, 아니요 분명히 한 사람

그런 사람은
주님 앞에 서는 날
"너 어떻게 살았느냐" 물으실 때
대답할 말 있으려니

우불구불한 지난날의
부끄러운 내 모습

히에라볼리 언덕을 스쳐 가는
구름에 적셔 바람에 씻겨 내고

또 다른 성지로
순례 길을 나선다

창조주의 신비 • 산본 초막골

창조주의 신비

누가
이토록 아름다운 옷으로

철 따라 갈아입힐 수 있을까

화사한 봄에는
엷은 초록 옷으로

뙤약볕 여름에는
짙푸른 색 시원한 옷으로

열매 맺는 가을에는
붉고 노란 채색 옷으로

엄동설한 겨울에는
따뜻한 털옷 입혀 봄눈(春目)을 감싸 주니

창조주
신비한 사랑의 능력 어찌 찬양치 않으랴

섶다리 • 강원 영월

눈이 오네요

눈이 오네요
소리 없이

창가에 어린 모습
당신인가 싶어 커튼을 여니
당신의 미소 같은 흰 눈이
내 마음으로 들어오네요

눈이 오네요
소리 없이

세월의 무게도 잊은 채
가벼운 날갯짓으로
하늘하늘 다가오는 희디흰 당신의 손길
검게 얼룩진 내 마음을 덮네요

눈이 오네요
소리 없이

나의 빈방을 채우는
따뜻한 숨결로 다가오는 당신과 함께
어느덧 내 마음 흰 눈 되어
하늘을 나네요

그분을 기다리며(대림절) • 서울

생명의 빛

깊은 어둠 속 갈 길 몰라 방황하는
수많은 사람들의 탄식 소리 처절한 이 땅에

말씀이 육신 되어
이 땅에 오신 나의 주 그리스도시여

어둠과 죽음의 세력 물리치시고
생명의 빛으로 오신 당신은

나의 하나님
나의 구주입니다

당신 계신 곳에 칠흑 같은 어둠 물러가고
넘쳐나는 영혼의 안식과 평화가 충만하니

하늘에는 영광! 땅에는 평화!
온 누리에는 당신의 사랑이 넘쳐납니다

생명의 빛으로 오신 당신 앞에 나와
모든 이들 기뻐 춤추는 그날을 기다리며

마음속 넘치는 기쁨으로
생명의 빛을 밝힙니다

고요한 밤, 거룩한 밤 • 아침고요수목원

성탄의 축복

어둠의 땅
절망과 한숨 소리 가득한
불모지 척박한 마음 밭에
생명의 빛이 비춰었으니

그 빛은
은혜와 진리가 충만한
하나님의 외아들
예수 그리스도

우리와 함께하시기 위해
인간의 몸을 입고
이 땅에 오신 분

믿는 자의 구주이며
절망하는 자의 소망이며

병든 자와 가난한 자의
친구이신 예수 그리스도

그분은
모든 이의 생명이며
이 땅에 임하신
하늘의 축복입니다

귀향 • 바단지린

귀향

설레는 마음으로
이곳저곳 기웃거리며

떠돌던 유랑의 시간들을
멍석처럼 말아 들고

원점으로 회귀하는 발걸음
심란(心亂)함은 여전한데

그래도 맞아 줄 이 있는
넉넉한 품 안이기에

나그네 가슴속에 남아 있는
작은 나비들은

정든 본향 길을 찾아
훨훨 날아오른다

PART 3

사랑, 아름다운 동행

Love, the Beautiful Companion

나는 너희에게 새 계명을 주겠다.

서로 사랑하여라. 내가 너희를 사랑한 것처럼

너희도 서로 사랑하여라.　　　　요 13:34 공역

A new commandment I give to you,

that you love one another,

even as I have loved you,

that you also love one another.　　John 13:34

십자가 사랑 • 서울

십자가의 길

지난겨울
음습한 빈방 한구석에
시간마저 묶어 놓은 채
오열하며 기도하던 그대여

얼음같이 차갑던 어둠은 물러가고
남쪽 바람 따사로운데
멍울져 눌린 가슴
활짝 피였는가요

진보라
향기로운 꽃망울들은
수정같이 아름다운 눈물 되어
회개의 꽃잎들로 피어나는데

외로운 골고다 길
핏빛 선명하게 물든

십자가의 길
주님 홀로 가신 그 길을

그대
따를 준비 되었나요

당신과 나 • 경주

당신과 나

아담과 하와처럼
하나님이 짝지어 주신
당신과 나

맑고 깊은 호수같이
정갈한 사랑으로

언제나 곁에서
내 손 잡아 준
천사 같은 당신

멀고 먼 인생길
지쳐 힘들 때에도

내 마음 알아주는
당신 곁에 있었기에
봄날같이 따뜻한 날들

오늘도
화사하고 행복하여라

속죄 • 체코

피에 젖은 십자가

핏빛 물든 갈보리 언덕
짙은 어둠이 십자가 가리울 때
깊은 슬픔 속에 잠긴
하늘과 땅 모두 울었습니다

저주의 나무 십자가 위에서
"엘리 엘리 라마 사박다니"
버림받은 비통함에
붉은 피 쏟아 내며 절규하는 당신

모두 떠난 자리 홀로 남은 당신만이
신음하며 아파하는데
나는 여전히 멀리 떨어진 채
서성이는 방관자요 구경꾼이었습니다

그러나
당신의 상하심과 찢기심이

나의 죄와 허물 때문임을
비로소 알던 날

피에 젖은 십자가 가시관 쓰신 채로
구속(救贖)의 길 이루신 당신만이
나의 주 그리스도
살아 계신 하나님의 아들이시기에

두 손 들어 경배 찬양합니다

벗이여 • 중국 곤명

벗이여

거친 비바람 이는 들판에서
언제나 푸른 나뭇잎처럼
싱그럽고 윤기 나는
소중한 나의 벗이여

눈빛만 보아도
마음이 흐르고 통하기에
만나면 기쁘고 즐거워
마냥 좋기만 하여라

인생의 비 오는 날
가슴 조이며 넘어져 있을 때
조용히 내 곁에 다가와
손잡아 주던 나의 벗이여

멀리 있어도
마음속 가까이 있어

따뜻한 미소로 다가오는
사랑하는 나의 벗이여

그대는
하늘이 내게 주신 축복이요
헤아릴 수 없는
하늘의 보배로운 선물입니다

유채꽃 향기 · 전남 영암

유채꽃 향기

월출산
봄바람에 눈을 뜬
유채꽃

진한
향기에 취한
바람개비

가쁜 숨을 멈춘 채
정처 없이
푸른 하늘을 떠돈다

여름 바닷가 · 서산 안면도

언제나 당신이 먼저야

남편은
물에 트라우마가 있는 아내를
먼저 등에 업었습니다

어린 아들이 물 건너기를 주저하는데도

등에 업힌 아내는 그런 남편이
한없이 고마웠습니다

"여보!
나는 언제나 당신이 먼저야"

남편의 그 말 한마디가
아내의 눈시울을 적셨습니다

오늘따라
남편의 등이 더 따뜻했습니다

평화의 깃발 • 동작국립현충원

깨어 있는 사람은 알지니

포성으로 고막 찢긴 산하는
붉은 피로 적셔진 채
통곡하기를 반백 년 세월 흐르고

지금도 잘린 허리 부여잡고
처절하게 신음하고 있는데

밤마다 솟구치는 광화문 촛불은
어두운 시대 끝나는 계시인가
이 나라 흔들리는 운명인가

깨어 있는 사람은 알지니

칼을 쳐서 보습 만들고
창을 쳐서 낫을 만들어
평화의 그날 올 때까지
주님이 지켜 주실 이 땅임을

상흔(傷痕) 깊어 아프지만
창대히 빛날 아름다운 이 나라 역사임을

청보리밭 • 전북 고창

마음이 따뜻한 사람

손을 잡으면
마음까지 따뜻해지는
사람이 있다

부드러운 눈빛 미소로
나를 바라보며
내 말에 고개를 끄덕이는 사람

그 사람 손잡으면
어느새 마음이 따뜻해지고
마음속 깊은 응어리 풀어진다

마음 따뜻한 사람
찾기 힘든 세상
삭막하고 외로운 세상이어라

누구에게나
따뜻한 손과 마음으로
위로의 사람이 되고 싶다

쇠물닭 • 부여 궁남지

모정

어미의 품 안은
언제나 자궁과도 같은
평안함이 있다

사람이나 짐승 모두
지울 수 없는 기억 속에서
어미 품을 떠난 이후도

언제나 따뜻했던
어미의 품 안을 추억하며
그리워한다

어미의 사랑은
영원한 하늘과
맞닿아 있다

생명조차 아끼지 않는
질긴 희생 한 줄기 마음으로
처음과 끝이 여일하기에

어미의 정과 끝없는 사랑은
하늘이 자식에게 베푼
최고의 선물이 아닐까

후투티 육추 • 경주

병아리 가족 • 홍천

백로의 자녀 교육 • 여주

쉐마 (Shema)

"너는 마음을 다하고
뜻을 다하고
힘을 다하여
네 하나님 여호와를 사랑하라.

오늘 내가 네게 명하는
이 말씀을 너는 마음에 새기고

네 자녀에게 부지런히 가르치며
집에 앉았을 때에든지
길을 갈 때에든지

누워 있을 때에든지
일어날 때에든지
이 말씀을 강론할 것이라."

(신 6:5-7)

"And you shall love the Lord your God with all
your heart and with all your soul and with all
your might. And these words, which I am
commanding you today, shall be on your heart;
and you shall teach them diligently to your sons
and shall talk of them when you sit in your house
and when you walk by the way and when you lie
down and when you rise up."

(Deuteronomy 6:5-7)

그늘이 되어 주마 • 전북 임실

주님의 날개 그늘

"나를 눈동자 같이 지키시고
주님의 날개 그늘 아래에 감추사
내 앞에서 나를 압제하는 악인들과
나의 목숨을 노리는 원수들에게서
벗어나게 하소서"

(시 17:8-9)

"Keep me as the apple of the eye;
Hide me in the shadow of Thy wings,
From the wicked who despoil me, My
deadly enemies, who surround me."

(Psalm 17:8-9)

호반새 • 청평

호반새(Ruddy Kingfisher)

무더운 동남아에서
머-언 이곳까지 날아와
둥지 틀고 어린 새끼를 키운 후
다시 고향으로 돌아가는 새

무엇이 그토록
이 땅을 그리워하며
먼 길 오게 했을까

어린 새끼에게
이 땅의 풀 냄새와 들꽃 향기
청정수로 목을 축이며
녹색 진한 꿈을 심어 주려는 것일까

붉게 물든 긴 부리에
먹이 뱀을 물고 날아오르는

황갈색 깃털로 옷 입은
검은 눈의 호반새

오늘도
호반새는
청평 맑은 호수 푸른 뒷산의
한 폭의 풍경, 그림으로 남아 있다

원앙새 • 창경원

사랑

- 그리스도는 인류를 통째로 사랑하신 것이 아니라, 사람 하나하나를 사랑하신 것이다. (체스터틴)

- 사랑에는 두 가지 핵심적인 임무가 있다. 하나는 주는 것, 또 하나는 용서하는 것이다. (존 보이스)

- 사랑은 눈으로 보는 것이 아니라, 마음으로 보는 것이다. (셰익스피어)

- 가식적인 사랑은 혀끝에 있고, 참사랑은 손끝에 있다. (D.L. 무디)

- 사랑이 적은 사람은 기도할 것이 없다. 그러나 사랑이 많은 사람은 기도할 것이 많은 법이다. (성자 어거스틴)

- 사랑이란, 가장 깨끗하고 순진무구한 희생, 그것이 바로 사랑이다. (심프슨)

- 사랑만큼 사람을 강하고 겸손하게 만드는 것은 없다. (에우리피터스)

- 사랑은 너와 나, 그리고 우리를 서로 단단히 묶어 주는 보이지 않는 끈이다 (페스탈로찌)

- 여자는 귀로 사랑에 빠지고, 남자는 눈으로 사랑에 빠진다. (와이트)

- 삶에 대한 절망 없이, 삶에 대한 사랑은 있을 수 없다. (까뮈)

- 사랑은 사람들을 결합시키고, 이성은 그 결합을 완성시킨다. (톨스토이)

- 사랑은 가슴속에 숨겨 둘 수 없는 불덩이다. 사랑의 불덩이는 덮으면 덮을수록 더욱 강해진다. (라신)

- 그런즉 믿음, 소망, 사랑, 이 세 가지는 항상 있을 것인데, 그중의 제일은 사랑이라 (성경, 고전 13:13)

실잠자리 • 관곡지

실잠자리의 사랑

이른 아침
연못가 영롱한 이슬 밭에는
크고 작은 생명체들이
행복한 노래를 부르며 춤을 춥니다

둥근 눈과
잘록한 허리에
긴 몸매를 가진
아름다운 실잠자리 한 쌍

헤아릴 수 없는
시간 앞에서
푸른 이슬 머금고
사랑의 노래를 부릅니다

언젠가는
속절없이 모두 떠날 이들

살아 있을 때
사랑하고 소중히 여기리니

사랑은
오래 참고 온유하며
자기 유익보다 남을 배려하며
진리와 함께 기뻐하기에

사랑이 제일입니다

오리 엄마의 미소 • 서울 석촌호수

오리 엄마의 미소

보기만 해도
마냥 사랑스러운 아가들

솜털같이 부드러운
깃털에 싸인 채

엄마 곁을 맴돌며
물 위에 떠다니는 오리 아가들

오리 엄마의
시름없는 얼굴 미소에

보는 이의 얼굴도
환하게 밝아집니다

모녀 일기 • 경주 한옥마을

모녀 일기

하늘 맑은 날
엄마와 딸이
손잡고 집을 나선다

도란도란 둘이 나누는
정담(情談) 속에
시간은 담쟁이 넝쿨처럼
벽을 타고 오른다

젊은 엄마와
어린 딸은 친구가 되어
때 묻은 시공간을 뛰어넘고
즐거운 하루를 보낸다

그날 저녁
모녀는 자신의 일기장에

오늘은
"딸 때문에 하루가 참 행복했다"
"엄마 때문에 하루가 참 즐거웠다"
라고 적어 놓았다

엄마의 추억 담기 • 보스니아

엄마의 추억 담기

엄마와 아들이
여행길에 올랐다

시골 멀리서
기차를 타고 찾아온 도심의 거리

자동차 소리와 번화한 거리
분주히 오가는 사람들
낯선 세상에서 정신마저 흔들렸다

간신히 찾은
그들만의 자리

엄마는 사랑하는
아들과의 애틋한 추억을 담아
오랫동안 간직하고 싶었다

아들은
한껏 뽐내는 포즈를 취하고
엄마는 무릎 꿇은 채
정성스럽게 아들을
카메라에 담았다

밀어(蜜語) • 말레이시아

밀어

차곡차곡 쌓아 둔 채
당신과 내가 풀어내지 못한
언어들이 바닷바람에 젖은 채
파도처럼 흰 포말을 일으키며
이제야 텅 비었던 가슴 한편에
자리 잡습니다

당신과의 애잔하고 슬픈
스산한 기억들을 떠올리며
깊고 푸른 바다 위에서
자맥질하는 상념들은
당신과 나의 기쁘고 즐거운
노래가 되었습니다

머-언 수평선 너머로
환상처럼 떠오르는
일곱 빛깔 무지개에 걸린

당신과 나의 정겨운 밀어들
시원한 바닷바람을 머금고
선명한 꽃잎 되어 피어납니다

동행 · 충북 단양

아름다운 동행

솔씨 하나가
대나무 밭에 떨어져 싹을 틔웠습니다

이상한 종자가 우리 터에 들어왔다고
대나무들은 바람이 불 때마다

서걱거리는 이파리로 햇빛을 막아
소나무가 자라지 못하게 했습니다

소나무는 외로움에 떨며 밤마다
보이지 않는 하늘을 향해 울었습니다

어느 날 소나무 곁으로
한 대나무 뿌리가 뻗어 오더니

슬며시 새순을 내밀며
"내가 네 곁에서 친구가 되어 줄게,
나를 따라 네 키를 키워 보렴"

소나무는
옆의 대나무가 자라는 대로
곧게 따라 올라갔습니다

대나무처럼 곧게 올라간 소나무와
소나무처럼 튼튼하게 올라간 대나무는

서로 친구가 되어 함께 동행하며
아름다운 우정을 키웠습니다

나라 사랑 • 서울 종로

대한 독립 만세!

잊어서는 안 될 그날
1919년 3월 1일

일제의 억압 아래 나라 빼앗긴 채
짙은 흑암 속에 살기를 36년
견딜 수 없는 고통과 슬픔
비탄의 피눈물 쏟아 내면서도

自主獨立 平等平和 定義人道
하늘이 내려 주신 정신으로
분연히 일어선 선진들
붉은 피 쏟아 내어 건져 낸 대한민국

대한 독립 만세! 후손들에게
자랑스럽게 물려주어야 할
이 나라 아름다운 금수강산이거늘

분쟁과 분열
개혁 없는 게으름에 빠져 힘을 잃으면
나라 잃고 노예 된다는 사실
다시는 되풀이해서는 안 될 오욕의 역사임을

그대는 깨닫고 있는가
이 민족의 새로운 역사를 위해

신혼부부 • 중국 석림

그대 있음에

화사한 그대 앞에 서면
내 마음 싱그러워
절로 행복하여라

가슴 시리고
어두운 그늘 덮여 와도
그대 있음에
평화로운 나

오늘도
봄길 같은 인생
그대와 손잡고 함께 걷는 길
기쁨 충만하여라

그대 있음에
슬픔도 아름다운

곡조 되어 화음 맞추니
밝고 청아하게 노래하리라

부부 소나무 • 경남 하동

부부(夫婦)

- 부부란 두 개의 절반이 되는 것이 아니라, 하나의 전체가 되는 것이다. (반 고흐)

- 좋은 남편과 아내는 서로의 배우자가 될 뿐만 아니라, 서로의 진정한 벗이 되어야 한다. (라 퐁텐)

- 훌륭한 남편이 훌륭한 아내를 만든다. (로버트 버튼)

- 아내는 끊임없이 남편을 섬김으로써 그를 지배한다. (플러)

- 원만한 부부생활의 비결은 결코 죽느냐 사느냐 하는 아슬아슬한 지경에까지 이르지 않도록 하는 것이다.
  (도스토에프스키)

- 부부는 서로 의리와 은혜로써 친하고 사랑해야 한다. (후한서)

- 아내를 이유 없이 학대하지 말라. 하나님은 그녀의 눈물방울 수를 늘 헤아리고 계신다. (탈무드)

- 어진 아내와 함께 사는 남편은 어떤 환난이나 시련도 거뜬히 이겨 낼 수 있다. (서양 격언)

- 남편과 아내는 서로의 손님이다. 그래서 서로를 존중하고 귀하게 여겨야 한다. (동양 격언)

- 하나님이 해 아래에서 네게 주신 모든 헛된 날에 네가 사랑하는 아내와 함께 즐겁게 살지어다. (성경, 전 9:9)

- 이제 둘이 아니요 한 몸이니…. 하나님이 짝지어 주신 것을 사람이 나누지 못할지니라. (성경, 마 19:6)

비 오는 날 • 경기 산본

빗줄기 세다 보면

바람 불고 비 뿌리는
늦은 밤 창밖에는
발자국 소리마저 뜸하고
어둠 속에 갇힌 채 서 있는
가로등 불빛만 외로이 떨고 있다

우산 없이 나간 딸아이 걱정되어
빗줄기 세다 보면
숨 가쁘게 달려온
내 인생의 궤적(軌跡)들 사이로
빗물 젖은 기도 소리 들리고

펼쳐진 삶의 행간마다
사랑에 빚진 이들의
갚을 길 없는 사랑 고마워 손 모으면
하나둘 떠오르는 낯익은 얼굴들이
뜨거워진 가슴속에 살아 손을 흔든다

압록강 강변의 화가 • 압록강변 단동

압록강 강변의 화가

지금은 남의 땅이 된 단동
유유히 흐르는 압록강 강변에 어두움이 내리고
하나둘 가로등 불빛이 들어오면

어김없이 화구(畵具)를 챙겨
압록강 강변에 앉아 초상화를 그리는
노인 화가가 있다

남의 얼굴 그리기를 30여 년
손에는 못이 박히고 등은 굽어 휘어졌으나
눈빛은 살아 원하는 얼굴을 그려 낸다

모난 얼굴은 좀 둥글게
둥근 얼굴은 윤곽 살리고
날카롭고 작은 눈 부드럽고 큰 눈으로

그가 그린 얼굴처럼
마음도 고쳐 그려 준다면
세상은 달라지고 역사도 바뀌지 않을까

둘로 갈린 남과 북 하나 됨을 위해
손 모아 기도할 때
내 기도 들었는지

물새 한 마리 끼룩끼룩 울며
강 건너 어둠 속으로
사라진다

어머니의 기도 • 서울

어머니

어머니
언제 불러도 정겹고
거룩한 당신의 이름입니다

철없는 유년 시절 장성한 나이에도
여전히 분별없는 아이처럼
투정하고 방황하는 못난 자식 위해
밤새워 눈물로 기도하시던 어머니

깊이 파인 주름살
거칠고 메마른 손과 발
휘어 굽어진 어깨조차도
훈장처럼 여기시고 흔들림 없이

믿음의 길 가시던 어머니
오늘은 그 모습 더욱 그립습니다

곤한 인생길 황량한 벌판에서 지친 채로
힘들어 넘어질 때도 부르시면 금방 달려오시는
천사같이 아름다운 이여

어머니 사랑합니다
어머니 감사합니다

본향 가는 길 • 바단지린

본향 가는 길

누구에게나
태어난 고향이 있다

고향은
잊지 못할 어머니 품속처럼 따뜻하고

낮은음자리표에 얹힌 자장가와
키들거리는 유년의 해맑은 웃음소리가
아침 안개처럼 짙게 배어 있다

잘 살아 보겠다고 고향 떠난 사람들
낯선 곳에서 지쳐 기진할 때
고향 하늘 바라보며
소매 끝에 눈물 적시노라면

연녹색 물감에 그려진
수채화처럼 그립고 아름다운
고향 마을 눈에 선하다

오늘도
마음속 깊이 자리 잡은
영혼의 본향 사모하며
그 길 향해 가는 사람들

마음 기쁘고 발걸음이 가볍다

PART 4

풍경, 그림이 되다

Scenery, Become a Picture

항상 기뻐하십시오. 늘 기도하십시오.
어떤 처지에서든지 감사하십시오.
이것이 그리스도 예수를 통해서 여러분에게
보여 주신 하나님의 뜻입니다.

살전 5:16-18 공역

Rejoice always; Pray without ceasing;
in everything give thanks; for this is
God's will for you in Christ Jesus.

1 Thessalonians 5:16-18

설중화 · 설악산

설중화(雪中花)

숨결마저 얼어붙은
냉한의 어두움과
매서운 눈보라를 헤집고
다소곳이 고개 든
아름다운 생명이여

깊은 잠에서 깨어나
꽃을 피워
때 이른 기쁨을
노래하는구나

흰 눈 면사포 두르고
성결하고 아름다운 신부처럼
희고 고운 분홍빛 옷을
차려입은 그대
어디 먼 길을 떠나려는가

심산계곡 물소리
아직 차갑게 들리는데
양지바른 언덕 눈 녹은 후
봄바람 타고
홀연히 떠나시구려

청노루귀 가족 • 설악산

청노루귀 가족

겨울잠에 취한
숲속 생명들이 채 깨기도 전에

양지쪽 낙엽 덮인 돌 틈 사이로
푸른 새싹이 살며시 올라왔다

차디찬 겨울바람 사이로
스며든 봄기운이 어린 새싹을 쓰다듬자

흰 털에 싸여 오므리고 있던
작은 꽃봉오리들이 숨쉬기 시작했다

봄볕 땅을 덮은 포근한 아침
기인 어두움의 터널 지나

활짝 핀 청노루귀 가족들
사랑스러운 얼굴로 나그네를 반긴다

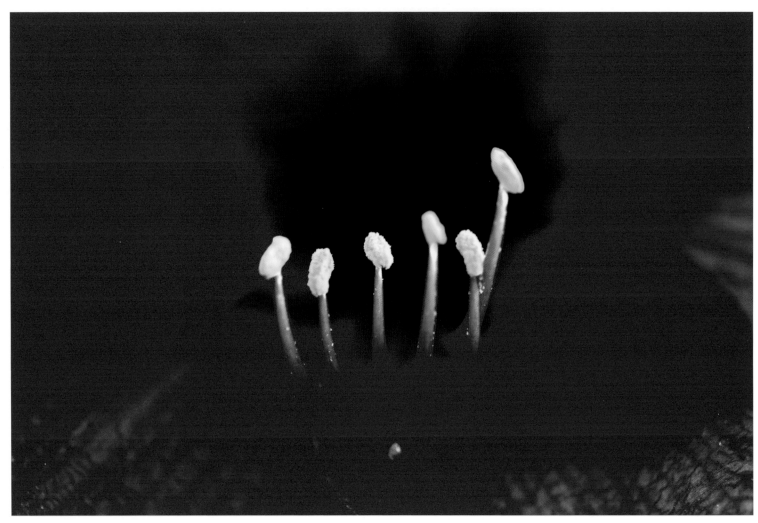

아마릴리스 • 서울

사람의 향기

사람은 누구나
자기만의 향기가 있다

꽃술에서 향기를 내듯
사람은 마음에서 향기를 만들어
입술과 행동으로 향기를 뿜어낸다

그중에
사랑과 기쁨의 향기
감사와 겸손의 향기는
어떤 향기보다 아름답고 그윽하여
사람과 세상을 행복하게 만든다

내 향기는
어떤 향기일까

용비지의 봄 · 서산 용비지

용비지의 봄

용비지에 봄이 오면
호수는 맑은 거울이 된다

늙은 느티나무
채 단장도 못 했는데

산기슭에 핀
벚꽃 나무 성화에 못 이겨

겨울바람에
부르튼 몸을 호수에 담그면

연녹색 옷으로 갈아입은
키 작은 버드나무와

호숫가를 거니는 사람들까지
모두 한 폭의 그림이 된다

튤립마을 • 경기 용인

평화의 마을

누구나
평온하고 화목한
마음으로 살고 싶어 하지

가정도
나라와 사회도
모두가 원하는 평화지만

서로가 바라는 것
너무 많은 세상이기에
멀고도 먼 평화

바라는 것 적을수록
내려놓음 많을수록
비우면 비울수록

커지는 평화인데
이제 모두 비우며 내려놓고
평화의 마을 만들어

너와 내가
하나 되어
화목제단 쌓을 때가 아닌가

밤에 피는 꽃 • 관곡지

밤에 피는 꽃

어두움이 내리고
모두가 잠들어
고요히 정지된 시간

간간히
풀벌레 소리만 들리는
깊은 밤

정화수(井華水) 한 그릇 떠 놓고
소원을 빌고 있는
소복 입은 여인처럼

홀로 외로이
물 위에 깨어 있는
흰 꽃 한 송이

소란스런 세상을

잊은 채
진한 슬픔을 삭이며

한숨 거두고
동터 올 찬란한
새벽을 기다리는가

금낭화 · 부천생태공원

금낭화

아무도 찾지 않는
그늘진 외딴 곳에

진분홍 꽃 주머니 끌어안고
수줍어 붉어진 얼굴
한줄기 마음으로 서 있는 금낭화

비정하고 험한 세월 속에서도
오직 "당신만을 따르겠습니다"
라는 꽃말처럼

그 사랑
티 없이 맑고
순전한 사랑이기에

사랑이 메말라
거칠어진 마음속에
금낭화 사랑의 씨를 뿌려 가꾸면 좋으리라

우중야화 · 관곡지

우중야화(雨中夜花)

비 내리는 밤
찰랑이며 떨어지는
빗방울 소리에

잠들지 못하고
뒤척이는 꽃 이파리들 사이로
곱게 피어난 꽃이 있네요

줄기차게 내리는
빗물에 머리 감고
다소곳이 서 있는 야화

빗줄기 사이에 묶여 있는
옛 추억 떠올리며
향수에 젖어 있나요

비 내리는 밤
야화 곁에 서 있노라니
녹슨 상념(想念)들, 비에 씻겨 흘러가네요

207

꽃님 아씨 • 일산꽃박람회장

그리움

님을 향한 진한 그리움에
어둠의 끝자락까지 밀린 채
냉기 어린 가슴에
시린 손을 얹으면
어느덧 동녘에는 붉은 태양 떠오르고
기화(氣化)된 한숨 허공으로 흩어진다

오늘도
오기(傲氣)와 질시(嫉視)
다툼과 분열에 목이 곧은 사람들
아우성 소리 가득한 거리
빛 없는 시계 제로의
황량한 벌판 끝없이 펼쳐지는데

하늘 향한
목마름에 지친 사람들
한쪽 구석 비켜선 채

상심한 마음 추스를 때
바람결에 들리는 님의 음성
심장에 뜨거운 피가 되어 흐른다

님 향한
진한 그리움에
서성이다 지친 하루
어느새 서산으로 해가 지면
꿈속에서 만날 님 그리며
하늘의 별 헤이다 창을 닫는다

인동초 · 서울 대공원식물원

인동초

엄동설한 겨울을 참아 내며
얼거나 말라 사라지지 않고
강인한 생명으로
세상을 이기는 인동초(忍冬草)

척박한 대지의 품에서
인고(忍苦)의 세월 쓰다듬으며
질긴 생명줄 끝에 피어난
붉은 꽃이 더욱 향기롭다

'헌신적 사랑'을 담고 있는
아름답고 향내 나는 인동초
인내와 헌신의 밑거름 없이는
진실한 사랑 꽃피우지 못함을

사랑에 목말라
애타게 찾아 헤매는

사람들 향해
진한 향기로 답해 준다

수련화 • 관곡지

수련화

지난밤
먹구름 덮인 하늘 아래로
줄기차게 내리던
장대비 그치고

동녘 하늘 밝은 햇살 떠오를 때
청아하고 아름다운 당신은
환한 미소 머금은 채
해맑은 사랑의 얼굴로 꽃을 피웁니다

굴곡진 세월 속에
길게 자리 잡은 어두움은
당신의 진한 향기 앞에
홀연히 물러가고

생명수 강가 모인 이들
환희의 노래로

장단 맞추어
기쁨 가득 춤을 춥니다

홍노루귀 • 경기 청계산

현호색 • 경기 수리산

팜랜드 • 경기 안성

5월은

비 온 뒤
5월의 산하(山河)는
온통 초록색 물감에 젖은 채
호수처럼 일렁인다

언어도 없고
들리는 소리 없어도
날은 날에게 밤은 밤에게로
창조주의 은총을
은밀히 전하는 계절이여

어머니 품속 같은
아늑함으로
장미 향보다 더 짙은
사랑의 향기로

지친 영혼들을 보듬어
소성(蘇醒)케 하는 당신
사랑의 찬가로
만물을 새롭게 하는

아름다운 5월이여!

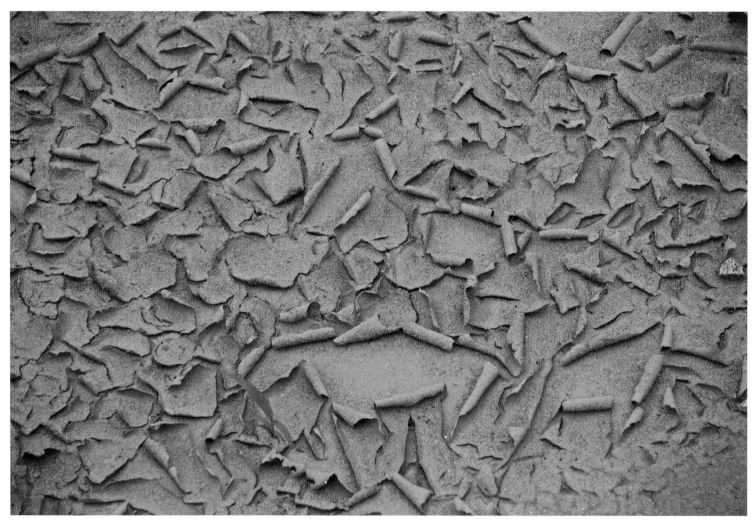

푸른 생명 · 영종 운염도

푸른 생명

겨울에도 철쭉꽃이 만발한
제주에는 눈이 사라졌다

목이 터져라 인공 눈 뿜어내는
스키장 제설기가 숨이 가빠 헐떡인다

앙상한 지지대만 휑하니 서 있는
강원도 황태덕장은 더 외롭다

건조한 날씨에 산불로 푸른 산들 잿더미 되고
북극 얼음 덩어리 풀려 홍수를 이루니

곳곳에 일어나는 변절한 날씨들은
인간의 원초적 병든 욕망이 만들어 낸

점점 뜨거워지는
지구의 분노 때문이다

메마른 땅 껍질 부풀어 터진
외진 곳에 홀로 서서 애처롭게 버티는 푸른 생명 하나

이대로 가면 언제 말라 버릴 줄 모르는
위태로운 너와 나의 운명이 아닐까

소매물도 · 경남 통영

소매물도

적갈색 수직절리(垂直節理) 아래
푸른 바다가
잠시 숨 고르며 쉬는 곳
남해안 소매물도

메밀꽃 닮았다 하여
붙여진 이름 '매물도'는
2.5㎢의 작은 섬이지만
생명이 살아 있는 아름다운 섬이다

망태봉을 스쳐 가는
거센 바닷바람이
지친 철새들을 실어 와
날개 접어 뉘이면

건너편 등대섬은 불을 밝혀
그들을 가슴에 안아

깃털 사이마다 어미처럼
굳어진 혈로를 자근자근 풀어 준다

편백나무 후박나무
윤기 나는 이파리 사이에
주름진 얼굴 묻어 숨을 쉬노라면
시름 사라지고 가슴속엔
푸른 바다가 들어온다

광치기 해변 • 제주

광치기 해변

펄펄 끓던 용암이 터져 나와
짜디짠 바닷물과 섞이며
자리 잡은 현무암 모래 위에

영겁의 세월을 먹고 자란
푸른 이끼가 비단처럼 부드러운
보료를 깔았다

건너편 성산 일출봉에
붉은 태양이 떠오르면
밤새워 노래하던 파도는 이제야 잠이 들고

해변을 찾은 이방인들은
꺼진 불씨 살려 가슴에 담고
푸른 이끼 비단길로 총총히 사라진다

정선 실폭포 • 강원도 정선

아침에 드리는 기도

주님
오늘도 새날을 주시니
감사합니다

오늘 하루도
의와 진리와 거룩함으로 살아가는
하루가 되게 하소서

하나님을 경외하며
이웃을 내 몸처럼 사랑하는
하루가 되게 하소서

불의에 침묵하지 않고
"예"와 "아니오"를
분명히 하며 살아가는
하루가 되게 하소서

나에게는 엄격하며
남에게는 관용하는
하루가 되게 하소서

그리스도의
편지와 향기가 되어
복음에 합당하게 살아가는
하루가 되게 하소서

오늘도
주님 닮아 가는 하루
믿음 소망 사랑의 삶을 통해
주님 앞에 서는 그날, 부끄러움 없는
승리자가 되게 하소서

여행의 기쁨 • 인도네시아

여행길

집을 떠나
여행길에 오른다

낯선 곳
아는 이 없지만

두려움 없이
찾아오는 마음의 여유

천천히 걸으며
나의 속마음 살피노라면

그간 잊고 살았던
내가 보인다

멀리 떠나 있던
나를 만난다

서당 수로 • 중국 서당

프랑크푸르트 농가 • 독일

침묵 • 인도네시아

침묵

상처 없는 새가 없고
사연 없는 사람 없기에
모두가 그러려니 하고 살기엔
너무 힘에 벅찬 인생이어라

외로움과 서러움이
교차되는 시간 위에서
남모르는 눈물로
밤을 지새우는 이들이여

묵묵히 눌린 채로
침묵하는 고성(古城)의
돌담을 보라

모진 비바람에 씻기고
작열하는 태양 아래 그을려진

볼품없는 모습으로
인고의 세월을 이겨 낸 돌들은

쓰디쓴 고통의 깊이만큼
치유와 회복과 성숙함이 있음을
무언의 침묵으로 말해 준다

서로 눌리고
위아래로 받쳐 주며
침묵하는 돌담 틈새로
푸른 이끼와 어린 풀들이 자라
꽃을 피우니

질긴 생명들은
보이지 않는 침묵 속에서
성장하며 성숙해지는구나

수상 과일점 • 베트남

수상 과일점의 그녀

그녀는
아침이 되면
찰랑이는 하롱베이 바다 위에
작은 배를 띄웁니다

열대과일 몇 알
얼음 채운 물통에 음료수 몇 병
그녀의 수상 과일점은
언제나 소박합니다

농라(No'n La') 모자에
태양 빛을 가리고
손으로, 때로는 발로 노 저으며
물살을 가르며 손님에게 다가가는 그녀

열대의 햇빛 아래
검게 그을린 얼굴이지만

삶에 지친 흔적 없이 살아가는 그녀의
물 위에 비친 환한 미소가 아름답습니다

탄도항 • 대부도

곁에 그대 있어

잃어버린 세월만큼
무엇인가 채울 수만 있다면
부끄러움 없을 텐데

오늘도 그냥 가는 하루
바람개비처럼 돌고 돌아
원점으로 회귀하면

검푸른 바다처럼 일렁이는
마음의 거센 풍랑은
잠들지 않고 휘몰아친다

그러나
잔잔한 호수 같은 그대 곁에 있어
내 마음 잠재워 평화로우니

걷힌 안개 너머로
무지개가 보인다
밝은 빛이 보인다

농장의 아침 • 경기 안성

주님처럼 기도로 엎드리니

감람산 어두운 숲속
온몸이 핏빛 땀방울로 적셔진 채
홀로 엎드려 간절히 부르짖는 주님

당신의 원하시는 바람보다
지존하신 아버지의 뜻이
먼저 이루어지시기를
간청하며 절규하신 주님

그 모습 아름다워
하늘의 천사가 힘을 더하시더라

유혹에 빠지지 않게 기도하라
주님 당부 잊은 채
슬픔과 육신의 곤비함에 젖어
깊이 잠든 제자들, 나의 모습이어라

기도로 승리하신 주님
삶이 힘겨워 넘어진 인생들 향해
"시험에 들지 않게 깨어 기도하라" (막 14:38)
"기도에 감사함으로 깨어 있으라" (골 4:2)

승리의 비결 당부하셨기에
주님처럼 하늘 아버지의 뜻
먼저 이루어지시기를 염원하며
기도로 엎드리니 마음의 평안 충만하여라

수락폭포 • 구례 산동

수락폭포

씻어 낼 것이 많은 세상

불의로 얼룩진 삶의 언저리마다
고이고 침전(沈澱)된 죄 성들을
맑은 폭포수로 씻어 내어
새로워질 수만 있다면

죄와 허물의 흔적
남김없이 씻어 지워 줄 이 세상에 없어
끝없는 절망과 좌절에
낙심하는 사람들이 많은데

불면의 밤은 점점 더 깊어 가고
굳어진 마음 그대로 살기로
그럴싸하게 자기를 변명하며
그럭저럭 산들 어떠하랴

더욱 피폐(疲弊)된 인생이 되겠지

곤고한 자리, 절망의 늪에 빠진 채
허우적거리는 인생들을 향해
이 땅에 오신 분, 예수 그리스도
살아 계신 하나님의 아들

십자가 물과 피로
죄와 허물 깨끗이 씻겨 주시니
비로소 얻은 자유와 평화
영생 구원 소망 넘치는 천국이어라

휴식 • 강화도

휴식

풍랑 이는 먼바다로 나갔던
배들이 돌아왔다

만선의 꿈 이루지 못했지만
기름값은 했다는 김 선장의 말은
스스로를 위로하고
내일 다시 나갈 바다를
여전히 사랑하는 희망의 고백이어라

풍어의 꿈 이루고
꿈같이 달콤한 휴식 누구나 원하지만
워낙 강한 풍랑 이는 세상 바다
거친 파도 위에서
인생의 빈 그물 건져 올리며
탄식하는 사람들 많은데

그래도
어제보다 오늘이 나으려니
작은 쪽배에 희망을 싣고
손 흔들며 문 앞을 나서는
사람들 굽은 어깨 위에

부드러운 아침 햇살이
솜털같이 촘촘히 내려앉아
등대처럼 환히 비춘다

타는 목마름 · 운염도

타는 목마름

목마름에 지쳐
등이 터진 대지는

갈기갈기 찢긴 상처를
어루만질 기력조차 잃은 채
타는 목마름으로
하늘만 바라보고 있다

한줄기 원하는 소나기라도
시원하게 내려 준다면
좋으련만

등이 터진 대지처럼
목마른 사람들 낙심하여 애태운다

무지하여 목마르고
가진 것 없어 목마르고

몸이 약해 목마른 채
헐떡이며 가슴 졸이는 날들 많은데

목마름에 지쳐
시들어 가는 인생들에게
넘치도록 적셔 줄 시원한 소낙비는
언제쯤 내릴까

선유도 • 전북 군산

선유도

은빛 햇살 가득했던
아름다운 선유도에
석양 노을이 곱게 내리면

대장봉 건너편
장자교 첨탑에는
붉은 불이 들어오고
길게 서 있던 가로등들도
하나둘 환한 빛으로
숨을 몰아쉰다

파도 소리 출렁이는 밤바다
물새 소리마저 잠든 바다 위에
배를 띄우고
풍어의 꿈을 낚는
어부들의 노랫소리

비릿한 바람결에 실려 올 때
선유도의 품에 안긴
길손들도
파도 소리에 취한 채
시름 잊고 깊은 꿈길로 떠난다

제주 소경 • 제주

제주 소경(小景)

푸른 하늘 맞닿은
푸른 바다 제주

불의 혼이 깃든
현무암 검은 돌담 너머

노란 유채꽃 위로
나비들이 춤춘다

바람개비 졸고 있는
나른한 오후가 되면

태고의 숨결을 지닌
옛 하루방, 할멍들이

한라산 기슭에 머물던
새털구름 한 움큼 떼어다가

만든 화관 머리에 쓰고
춤추며 부르는 노랫소리 들린다

맥문동 소나무 숲속 • 경북 상주

맥문동 소나무 숲속

솔향기 풍기는
소나무 숲속에
보랏빛 물감이 풀렸네요

맥문동 꽃으로 물든
소나무 숲속에는
보랏빛 향기가 날리네요

화려함은 잠시뿐
9월 스산한 바람에 꽃잎 떨어지고
꽃대에는 진한 외로움만 남았네요

어두운 밤이 지나고
아침 햇빛 내려앉은 꽃대 줄기마다
총총히 맺힌 흑 진주 열매들

솔향기 가득한 숲속에서
곤하게 잠이 든 채
새봄을 기다리며 꿈을 꾸네요

후쿠오카 소경(小景) • 일본

수상탑 • 말레이시아

별 헤아리는 밤(은하수) • 강원도

은하수

밤하늘 별들을
삼켜 버리는 도시의 먼지와
불빛을 피해서

어두움이 내린
산 정상에 올라
자리를 깔고 눕는다

아! 금방이라도
까만 하늘에서 쏟아져 내릴 듯한
빛나는 보석들

밤하늘에 총총히 박힌 채
기인 강물처럼 흐르는
크고 작은 별들은

우주 공간 가득한
창조주의 권능을 드러내며
천상의 노래를 들려준다

하늘과 땅이 맞닿은 곳에서
은하수 별빛에 비쳐진 작은 점 하나
남루(襤褸)한 내 모습 아닌가

내 안에 찢겨진 상흔(傷痕)들
은하수 강물에 씻어 말리니
깃털같이 가벼워진 마음

정화(淨化)된 발걸음이 가볍다

숲속을 거닐다 · 인천대공원

숲속을 거닐다

이른 아침
숲속에 들어왔다

지난밤
선잠에 눈까풀마저
무겁게 내려앉은 채
허정거리는 걸음으로
숲길에 들어서니

진한 흙냄새 풀 냄새가
온몸을 적신다

마음속 들려온 소리에
깊이 숨 쉬며
저벅저벅 홀로 걷노라니

숲속을 파고들어 온
이른 아침
햇살에 섞인 솔바람이
폐부 깊숙이 들어와
잠든 세포들을 흔들어 깨운다

해오라기 • 서울대공원

해오라기의 牛步虎視

사냥감을 노리며
쏘아보는 해오라기의 눈빛을 보라

허술한 빈틈
흐트러진 모습이 보이는가

대충대충 준비 없이 살아가며
뜻 못 이루어 절망하는 사람들

남과 나, 세상 환경을
탓하기 전에

우보호시(牛步虎視)
소처럼 뚜벅뚜벅 걷되

호랑이의 눈빛으로 세상을 보라는
선인들의 가르침은

짐승에게서도 배우며 살라는
지혜의 충고가 아닌가

비 오는 날의 횡단보도 · 경기 산본

횡단보도

신호등에 푸른 불이 켜지면
빨간불에 묶여 있던 사람들은
그물에서 풀린 물고기처럼
발걸음이 빨라진다

엇갈려 놓인
흰 사다리를 밟고
양측으로 옮겨 가는 사람들
표정에는 묘한 긴장감이 보인다

횡단보도 끝자락에서
급하게 흩어지는 사람들
분주한 일상에 묶여
느린 걸음 잊고 사는데

언제쯤
느린 걸음으로

사방을 둘러보며 천천히 걷는
자유로움을 누릴까.

백두산 폭포 • 백두산

백두산 폭포

백두산
천지 물이 넘쳐흘러
힘차게 떨어지는 폭포
물보라 일으키며
계곡 향해 내달린다

고향 찾는 연어처럼
백두산 오르던 사람들
잠시 발걸음 멈추고
차가운 폭포 물에 발 담그면
태고의 숨결 속으로 빠져든다

오늘도
백두산 천지는
넘치는 물 가두지 않고
아래로 흘려보낸 청량수로
폭포 아래 생명들을 살린다

아직도 덜어 낼 것이 많은 인생
덜어 내고 흘려보내야 행복하거늘
"주는 사람이 복 있는 사람이다"
성경이 이른다

문광지의 가을 • 충북 괴산

문광지

은행나무 곱게 물든
저수지 둑길 나무 사이로
소슬한 가을바람이 지나간다

무성했던 푸르름은
노란 은행잎에 지워져
기억조차 희미하다

젊은 날의 아름다운 꿈들
이루지 못한 아쉬움에
자조(自照)하며 옷깃을 여미고

빠른 세월 앞에
조각난 꿈의 파편을 모아
희망의 끈으로 다시 묶는다

하늘의 구름처럼
잡을 수 없는 세월인데
지금이 가장 소중한 시간이기에

이별을 준비하는 나무들 • 안양예술공원

별리 (別離)

그대가
곁에 있었기에
행복했던 지난 시간들

한 울타리 안에서
비바람 함께 맞으며
엮어 놓았던 둘만의 이야기와
차곡차곡 저미어 두었던
잿빛 슬픔마저도
푸른 하늘로 흩어 보내고
이제는 그대 곁을
떠날 시간입니다

이 땅에서
그대와의 만남은
하늘이 허락한
신비하고 소중한 운명이요

잠시 헤어짐 또한
하늘이 정한 섭리이기에

그대와 나는
이 땅 어두움 그치고
그리움의 끝자락 뒤
평화 넘치는 새봄이 오면
기쁨 넘쳐 얼싸안고
다시 만날 것입니다

별리의 아픔은 잠시뿐
슬픔과 두려움 또한
지나가는 바람이기에

가슴속 고이 간직한
그대 모습 그리며
소망의 돛을 달고 그대 곁을 떠납니다

수섬의 늦은 오후 • 경기 화성

수섬의 늦은 오후

하루해가 저무는
수섬의 늦은 오후

뻘기 밭에 옅은 어두움이 내리면
수섬의 나무와 풀들이
캔버스에 그려진 수묵화처럼
정겹게 다가온다

본래 바다였던 곳
아직도 비릿한 진흙 모래
바닥에 배인 짠 냄새를 맡으며
옛 바다 향수에 젖어 사는 돌게들

파 놓은 구멍 앞에서 집게손을
높이 들고 물러서지 않는다

바다를 막아 간척지 만들고
흙과 돌을 덮어 공장을 세우겠다는
야멸스러운 인간들 향해
온몸으로 항의하는 것은 아닐까

수섬의 늦은 오후는
뉘엿뉘엿 가라앉은 붉은 해와
석양에 물든 뻘기 꽃향기가
바쁜 길손의 발걸음을 멈춰 세운다

할슈타트 동화마을 • 오스트리아

체스키 크룸로프 • 체코

운무 속을 달리다 · 경북 상주

후회 없는 삶을 살 수 없을까

후회 없는 삶을 살 수 없을까
곰곰이 생각하고 궁구(窮究)하여
이것이다 달려가 보면
여전히 허탄하여 후회스러운
지나온 날들이어라

마냥 절망할 수 없어
변명과 오기(傲氣)로 담을 쌓고
그늘진 내 모습 감추어 보지만
여전히 어설픈 내 인생 궤적(軌跡)
삶의 횡간(橫看)마다 연민의 상처만 커진다

믿음, 소망, 사랑, 용서, 화해…
하루에도 수십 번 헤아리는
채색된 언어들, 바람에 흩어지고
아직도 냉기 서린 가슴속 동토에는
서슬 퍼렇게 눈먼 씨앗들이 자란다

후회 없는 삶을 살 수 없을까
무릎 꿇어 두 손 모으면
들려오는 세미한 음성
"너희 모든 일을 사랑으로 행하라"(고전 16:14)
그 말씀 가슴에 담아

음습(陰濕)한 마음 방을 비워
메마른 사랑을 충전하여 채우니
비로소 찾아오는 평안과 기쁨 가득하여라

271

황금 들녘 · 상주 경천대

황금 들녘

보기만 해도 풍요로운
경천대 건너 상주 황금 들녘

가을빛에
영글어 가는 누런 벼이삭들 사이로
빨간 고추잠자리 맴돌고

어머니 젖줄같이
벼 이랑에 물 대 주던 상주천은
푸른 가을 하늘에 취해 있다

뿌린 대로 싹이 나고
심은 대로 거두는 것이
하늘 법칙이거늘

헛된 욕망의 사슬에 묶여
근심 걱정 많은 사람들
버릴 것 버리고, 정의 심어 가꿀지니

먼 훗날
쭉정이와 알곡 가려질 때
알곡 되어 주인의 기쁨이 되리라

코스모스 • 김제평야

코스모스 길

고향 하늘 가을 들녘에는
땀방울 먹고 자란 열매들이
보기만 해도 배부른
포만의 기지개를 펴게 하고

길게 누운 논두렁 비탈에는
쏟아지는 가을 햇살 아래
순정으로 물든 붉고 하얀 코스모스
꽃잎들이 가녀린 몸 흔들며 하늘거린다

흘러간 세월 앞에
잊혀진 고향 친구들 그리워
코스모스 핀 논두렁길에 올라서면
어릴 적 친구 정겨운 얼굴들이 새록새록 떠오른다

거울 · 패상

거울

언제부터인가
거울을 자주 보는 습관이 생겼다

이마와 눈가에 주름이 생기더니
머리카락이 희게 물들기 시작했다

눈까풀이 처지고
얼굴에는 기인 팔자주름이 자리를 잡았다

이제야 제대로 영글어 가는구나
거울에 비친 내 모습 보며 세월의 무게를 느꼈다

거울은
있는 그대로를 투영(投影)하여 보여 준다

거울에 비친 내 모습은
지금까지 살아온 내 삶의 반영이며

앞으로 살아갈
날들을 추정해 주는 바로미터이다

그러기에 거울에 비친 내 모습이
지금 가장 아름답고 멋진 인생임을 감사하며

가을 호수처럼
티 없이 맑은 내 마음의 호수를 꿈꾸며 거울을 닦는다

인내의 결실 • 충남 외암마을

푸른 들판을 꿈꾸다

찜통 무더위
기승부리던 지난여름
서걱거리는 푸른 잎사귀 사이로
옥수수 대에 길쭉한 자루들이
수염을 단 채 얼굴을 내밀었다

하늘 구름 걷히고
빨간 잠자리 맴도는 날
영근 알갱이 촘촘히 박힌
옥수수자루들은 하나둘씩
대에서 뜯겨 나왔다

서로 엮인 채 시렁에 걸린
옥수수자루들은 기인 시간 속에서
새로운 생명의 씨앗이 되어
봄이 오면 다시 펼쳐질
푸른 들판을 꿈꾸고 있다

빙구풍경 계곡 • 중국

돌기둥

그토록
오랜 세월

말없이 견디며
헤아릴 수 없는 숱한 날들을
박힌 자리 떠나지 않은 채
하늘 향해 우뚝 서 있는
거대한 돌기둥 하나

비바람 몰아치고
눈보라 휘날리며
따뜻한 봄날이 와도
속이 깊어 흔들림 없이
서 있는 네 모습

一흠一悲
날마다 속 끓이며 살아가는

가벼운 인생들
무언의 계시받고
결연한 눈빛으로 그 자리를 떠난다

오페라하우스 · 호주 시드니

Sydney의 밤

sydney는
깊은 어둠 속에서도
잠들지 않고 깨어 있다

나그네 지친 걸음
잠시 바닷가에 멈추면
짭짤한 바닷바람이 온몸을 씻긴다

오페라하우스 지붕 끝에 걸린
마오리족의 슬픈 눈망울은
밤하늘의 고운 별이 되고

채색 옷 입고 깨어 있는
sydney는
나그네 꿈길 자장가 되어

낮고 높은
파도 소리 곡조 맞추어
밤을 새워 노래한다

다뉴브강 • 헝가리

블레드 고성 • 슬로베니아

독서삼매경 • 오스트리아 공원

독서

- 하루라도 책을 읽지 않으면 입에 가시가 돋친다. (안중근)

- 좋은 책을 읽는다는 것은 과거의 가장 훌륭한 사람들과 만나 대화하는 것이다. (데카르트)

- 오늘의 나를 있게 한 것은 우리 마을 작은 도서관이다. 하버드대학의 졸업장보다 더 소중한 것은 독서하는 습관이다. (빌게이츠)

- 낡은 옷을 그대로 입고, 새 책을 사라. (오스틴 펠프스)

- 독서할 때 당신은 가장 좋은 친구와 함께 있는 것이다. (시드니 스미스)

- 책이 없는 방은 영혼 없는 육체와 같다. (키케로)

- 만 권의 책을 돌파하면 귀신처럼 붓을 놀릴 수 있다. (시인 杜甫)

- 독서의 목표는 온전한 인격을 갖추는 데 있다. (베이컨)

- 책은 인류의 영양제이다. (셰익스피어)

- 좋은 책은 지혜의 열쇠이다. (톨스토이)

- 만 권의 책을 읽고, 만 리 길을 여행하라. (顧炎武)

- 노력한 만큼 배신하지 않는 것이 독서이다. (서양 격언)

- 책을 읽지 않는 사람과는 친구 하지 말라. (동양 격언)

- 고개 숙여 책을 읽고, 고개 들어 깊이 생각하라. (유대 지혜서)

- 이 예언의 말씀(성경)을 읽고, 듣고 이 책에 기록되어 있는 대로 실천하는 사람들은 행복합니다. 그 일들이 성취될 시각이 가까웠기 때문입니다. (성경, 계 1:3)

방태산 계곡 • 강원 인제

방태산 가을 낙엽

푸르고 화려했던
젊은 여름을
순식간에 떠나보내고

무엇인가
뒤늦은 열매라도 바라며
파란 하늘을 우러르나
어느새 붉은 피로 물든 나무들

이별을 잊고 살았던
나무와 나뭇잎들은
언제나 함께 있었기에
서로의 고마움도 모른 채 살았다

한 잎 두 잎 붉은 옷을 갈아입고
떠나는 순간에야

서로의 이별이 있음을 알았다
남겨진 나무들은 깊은 슬픔에 잠겼고

붉은 나뭇잎들은
인사조차 못 한 채 떨어지자마자
흐르는 차디찬 계곡물에 실려
돌아올 수 없는 유랑의 길을 떠났다

낙엽 진 방태산 계곡은
또다시 이별을 잊은 채
깊은 겨울잠에 빠졌다

빛으로 나오다 • 요르단 페트라

빛으로 나오라

어두움 속에
켜진 작은 등불 하나

희미하고 약하나
어두움을 밝히는 등불이어라

어두움 좋아하는 사람들 많아
위태롭게 흔들리는 등불

세찬 바람에
등불 꺼진 세상이 오면

기승하는 흑암의 세력 앞에
칠흑 같은 더 큰 어두움이 오리니

이제 모두 빛으로 나올지라
정의를 물같이, 공의가 강같이 흐르는

밝은 세상 위하여
가슴속 등불 밝혀 빛으로 나오라

더 늦기 전에

비밀의 정원 · 강원 인제

비밀의 정원

찬 서리 내린
밤이 지나고
동녘 하늘빛이 살아날 때

산에 둘러싸인
은밀하고 신비스러운
비밀의 정원
온통 붉고 아름다운
옷자락에 휘감겨 있다

이른 아침
스멀스멀 피어난 아침 안개가
나뭇잎 사이마다
훈훈한 입김을
불어넣으면

억제할 수 없이 터지는 탄성
참 아름다워라 주님의 세계는!
신묘하신 주님의 솜씨
찬양하며 기쁨으로
아쉬움을 안은 채 길을 떠난다

두루미 진객 • 철원

두루미 진객

실향민 눈물이 배어 있는
철원 민통선 들녘
해마다 찾아오는 두루미들
자유로이 남북을 오가며
푸른 하늘에서 날갯짓한다

포성이 멈춘 지
반백 년이 지났건만
아직도 고향 땅을 밟지 못한 채
진한 그리움에 눈물 젖어
사는 이들 많은데

부러운
너희들의 자유천지
긴 목을 세워 두루 살핀 후
북녘 철책 선에 묶여 있는
고향 소식 전하여 주렴

사해의 머드족 • 이스라엘

신종 코로나 바이러스

이름도 생소한 너
이 땅에 몰래 들어와
사람들을 두려움에 떨게 하고

마스크로 입을 막으며
생전 겪지 못했던
자가격리(自家隔離)와 사회적 거리 두기로

남편과 아내, 부모와 자식
형제와 가까운 친구
이웃까지 갈라내더니

끝내는 생명줄을 놓은 사람들
임종(臨終)조차 못 보게 하여
진한 슬픔에 가슴속 한(恨)을 맺히게 하는

너의 검은 정체는 무엇이냐?

우리를 향해
언제 끝날지 모르는
연약하고 유한한 생명이니
서로 소중히 여기고 사랑하라는

말이 많아 탈 많은 세상이니
입 다물고 말을 적게 하며
진실한 말만 하고 살라는 것이냐

인간의 지나친 탐심과 욕심이
네 앞에 멍석을 깔아 놓았기에
이제는 우리 모두가 자중할 터

너의 세력 앞에 굴복당할 이 없으니
그만 우리 곁에서 훌훌히 사라져
다시는 이 땅에 나타나지 말지니라

준마들의 질주 • 패상

주마가편(走馬加鞭)

당장은
채찍이 매섭고 아프지만
정신 바짝 차리고
앞을 향해 달리다 보면

어느덧
높은 정상에 올라
드넓은 대지를
가슴에 품는 길인 줄 몰라

그토록
싫어서 원망하며
부모와 스승의 매정히 여겼던 채찍
때로는 보이지 않는 그분의 채찍까지도

그러나
크고 작은 매서운 채찍들이 없었다면

나 스스로 인생의 바른 길을 걸으며
풍성한 열매 거둘 수 있었을까

고맙고 감사해라
그 귀한 사랑의 채찍들이

한반도 지형 마을 • 강원도 영월

한반도 지형 마을

가을빛이
곱게 내려앉은 한반도 지형 마을

청람색 강물로 머리 감고 누운 채
깊은 사색에 잠겨 있다

떨어질 것은 떨어지고
남을 것은 남아서

삭풍에 떨어야 할
긴 겨울을 맞고 시간이 지나면

남과 북이 하나 된 나라
이산(離散)의 슬픈 눈물 닦아 줄

그날이 오리니
서로 얼싸안고 외치는 기쁨의 함성 소리

이곳에도 하늘 높이 울리리라

세월 · 서울

세월

마지막 잎새처럼
세월의 무게에 눌린
12월의 달력 한 장
숨죽인 채 떨고 있다

허우적대며 보낸
그 숱한 시간들
힘겹게 매달린 채로
여기까지 달려왔지만

남은 건
회한의 가파른 숨
몰아쉬며 지쳐 풀어진
허정한 모습뿐이어라

인생의 자랑은
수고와 슬픔뿐

그것도 지나가는 바람이요
날아가는 화살이라

잠시 머물며 떠도는
아침 안개 같고
햇빛 나면 사라지는
풀잎 위 이슬이라니

"세월을 아끼라
때가 악하니라"
주님 말씀이
오늘따라 새롭다